밥이 끓는 시간

밥이 끓는 시간

2001년 7월 27일 1판 1쇄
2021년 12월 31일 1판 19쇄

지은이 박상률

편집 아동청소년문학팀
제작 박흥기 | 마케팅 이병규, 양현범, 이장열

출력 블루엔 | 인쇄 POD코리아 | 제책 정문바인텍

펴낸이 강맑실
펴낸곳 (주)사계절출판사 | 등록 제406-2003-034호
주소 (우)10881 경기도 파주시 회동길 252
전화 031)955-8588, 8558 | 전송 마케팅부 031)955-8595 편집부 031)955-8596
홈페이지 www.sakyejul.net | 전자우편 literature@sakyejul.com
블로그 skjmail.blog.me 페이스북 facebook.com/sakyejul 트위터 twitter.com/sakyejul

ⓒ 박상률 2001

값은 뒤표지에 적혀 있습니다. 잘못 만든 책은 구입하신 서점에서 바꾸어 드립니다.
사계절출판사는 성장의 의미를 생각합니다. 사계절출판사는 독자 여러분의 의견에 늘 귀 기울이고 있습니다.
이 책은 저작권법에 따라 보호받는 저작물이므로 무단전재와 무단복제를 금합니다.

ISBN 978-89-7196-810-9 44810
ISBN 978-89-5828-473-4 (세트)

밥이 끓는 시간

| 박상률 장편소설 |

작가의 말
한 소녀를 기억합니다

맨드라미 피는 집에 살며 밥이 끓는 냄새를 무척 좋아하던 소녀를 기억합니다.

소녀는 해마다 피어나는 맨드라미를 보며 나이를 먹어 갔습니다. 그리고 맨드라미를 닮아 갔습니다. 아무도 돌보지 않지만 끊임없이 싹을 틔우고, 결코 화려하지 않은 모습이지만 반드시 꽃을 피우는 맨드라미처럼 된 것이지요. 사실 소녀도 돌보아 주는 이 없이 살았습니다. 저 혼자 때맞춰 피고 지는 맨드라미처럼 말입니다.

소녀는 맨드라미 피는 집에서 밥이 끓는 냄새를 맡으며 살 수 있는 걸 무척 행복해했습니다. 어쩌면 소녀와 맨드라미 모두 밥이 끓는 냄새를 맡으며 자랐는지도 모릅니다. 아, 그리고 소녀의 동생들까지도.

그러던 어느 해, 소녀는 동생들을 데리고 집을 떠났습니다.

그토록 좋아하던 집을 떠나지 않으면 안 될 사연만을 뒷소문으로 남긴 채…….

소녀가 떠난 다음 해에도 그 집에선 여전히 맨드라미 싹이 나고 꽃이 피었습니다. 그러나 그것으로 끝이었습니다. 한 해가 더 지나자 맨드라미 피던 자리에서는 더 이상 싹이 나지 않았습니다. 한 해도 거르지 않고 돋아나던 맨드라미였는데 말입니다. 아마도 밥이 끓는 냄새를 맡을 수 없어 그런 게 아닐까요?

밥이 끓는 냄새가 나지 않는 집은 죽은 집입니다. 사람이 살지 않는 집이니까요. 그리고 분명한 사실은 사람만 밥 냄새를 맡고 사는 게 아니라는 것입니다.

집 울안에 있는 모든 것들은, 그것이 식물이든 동물이든, 심지어는 지붕을 이고 있는 기둥이며 서까래조차도 부엌에서 끼니때 맞춰 나는 밥이 끓는 냄새를 맡으며 살지요. 그래서 밥이 끓는 냄새가 나지 않으면 울안의 모든 것은 죽어 버립니다. 해마다 피던 꽃도 피지 않고, 개도 집을 나가고, 요란스럽던 생쥐조차도 다른 집으로 가 버리고, 멀쩡하던 기둥도 주저앉고 서까래도 삭아 내리지요. 소녀가 떠난 뒤 그 집이 똑 그랬습니다.

소녀는 떠나간 자리에서 맨드라미처럼 싹을 틔우고 자기만의 꽃을 피웠을까요? 그리고 밥이 끓는 냄새를 여전히 좋아할까요?

지금은 소녀가 아닌 어른이 되어 있겠지요. 내가 이미 소년이 아니듯이 말입니다. 그러나 내 기억 속에 그 소녀는 영원히 소녀로 남습니다.

이 생을 살면서 다시 그 소녀를 볼 수 있을지 어쩔지 모르겠습니다. 못 본다 하더라도 조바심은 내지 않겠습니다. 쉬워 보이는 일조차 쉽게 드러나지 않을 때가 많은 게 삶이니까요.

그 소녀가 맨드라미 피던 집에 다시는 돌아오지 않을지라도, 그리고 그 집 부엌에서 밥이 끓는 냄새 또한 다시는 새 나오지 않을지라도 그 소녀를 향한 내 바람은 결코 놓지 않겠습니다. 어디에서 살든, 자신이 가꾸는 일상 속에서 자신만의 꽃을 피우고 누구보다도 자신을 위한 밥을 꼭 안칠 수 있었으면 하는 바람 말입니다.

2001년 여름 무산서재에서
박상률

차례

이 풍진 세상 … 11
침묵으로 그린 풍경 … 20
솔개와 병아리 … 30
비에 가린 추석 달 … 38
귀뚜라미가 사는 집 … 49
엄마의 자리 … 60
별똥별 … 71
이래 봬도 옛날엔 … 81
짓물린 진달래꽃 … 92
불쌍한 인생 …105
삼복더위 …119
소리도 없이 너무나 가볍게 …129
불행의 씨앗, 행복의 씨앗 …139
손도장 …149
얼어붙은 겨울 하늘 …160
어지럼증 …169
산모 몸값 …178
맨드라미 피는 집 …188
눈 위의 발자국 …197
이파리 나기 전에 피는 꽃 …206
어른 몫 따로 아이 몫 따로 …216
밥이 끓는 시간 …230

이 풍진 세상

> 무꽃에 번득이든
> 흰나비 한 자웅이
>
> 쫓거니 쫓기거니 한없이
> 올라간다
>
> 조운 · 〈무꽃〉에서

연탄불 위에 얹힌 밥솥에서 밥이 끓고 있었다.

엄마는 끓는 밥솥을 바라보며 아무 말 없이 부엌 바닥에 쭈그린 채 앉아 있었다. 아니, 어쩌면 앉아 있다기보다는 자동 인형처럼 그렇게 앉혀져 있는 것인지도 모른다. 엄마는 그렇게, 이미 살아 움직이는 생물이 아닌, 움직이지 않는 정물로 내 시야에 들어왔다.

나는 엄마 가까이 더 다가갔다. 오그릴 대로 오그린 채 쭈그리고 있는 엄마를 보자 나도 모르게 '엄마'라는 말이 조그맣게 굴러 나왔다.

"엄마……."

그 순간 엄마는 내 혀에서 구르는 '엄마'라는 말보다 더 작은 모습으로 몸을 움츠렸다.

엄마는 요즘 밥이 끓는 시간 내내 저렇게 앉아만 있다. 마치 다른 동작은 전혀 취할 줄 모른다는 자세다.

나는 밥이 끓는 냄새를 가슴 깊숙이 들이마신 뒤 집을 빠져나왔다.

골목엔 촉수 낮은 가로등만이 밤을 지키고 있었다. 이 작은 골목의 밤을 지키기 위해 저 촉수 낮은 가로등은 밤마다 불을 밝힌다. 지켜야 할 것은 아무래도 낮보다 밤에 많은 탓일 것이다.

가로등이 매달린 전봇대 아래에 서서 두리번거려 봤다. 혹시나 아빠가 돌아오는 모습이 보이지 않을까 싶어서. 바로 그때, 골목 아래쪽에 아빠의 모습이 나타났다.

'아빠다……'

그리 밝지 않은 불빛 때문에 얼굴은 잘 보이지 않지만 비틀거리는 걸음걸이로 볼 때 틀림없이 아빠였다.

나는 쓰레기 더미 뒤로 얼른 몸을 숨겼다. 아빠는 오늘도 술을 마셨는지 몸을 잘 가누지 못한 채 힘겹게 골목을 올라오고 있었다. 숨을 죽인 채 아빠가 지나가기를 기다렸다.

"이 풍진 세상을 만났으니 너의 희망이 무엇이냐……."

아빠의 노랫소리가 쓰레기 더미를 넘어왔다. 다니던 회사가 부도난 뒤 아빠는 술만 마시면 어김없이 '이 풍진 세상'을 흥얼거린다.

노랫소리가 멈추는가 싶더니 '좔좔' 하는 소리가 들렸다.

나는 쓰레기 더미 위로 고개를 살며시 내밀었다.

아빠가 조금 전에 내가 서 있던 전봇대에 이마를 기댄 채 오줌을 누고 있었다. 아빠는 오줌 누는 그 순간에도 몇 번씩이나 비틀거렸다. 아빠가 비틀거릴 때마다 아빠의 오른쪽 어깨 위에 매달려 있는 비닐 천 연장 가방도 같이 비틀거렸다.

오늘도 혹시나 하고 연장 가방을 메고 새벽 인력 시장에 나간 아빠였다. 그러나 역시 허탕인 모양이다. 하긴 허탕이 아니어도 요즘은 걸핏하면 저렇게 비틀거리며 들어온다. 어쩌면 술 마실 핑계를 만들기 위해 날마다 허탕인 줄 알면서도 새벽이면 집을 나가는지도 모른다.

비틀거리는 아빠를 보자 뛰쳐나가서 부축할까 하는 생각이 들었다. 그러나 이내 고개를 저었다. 아빠를 부축하면 아빠와 같이 집에 들어가야 한다. 하지만 오늘 저녁에도 틀림없이 한바탕 난리가 일어날 것이 틀림없다. 그렇다면 아빠를 따라 들어가 일부러 그 자리에 있을 필요가 없다. 아니, 있고 싶지 않다.

아빠가 술을 마시고 들어오는 저녁이면 우리 식구에겐, 특히 엄마에겐 반드시 겪고 넘어가야 할 일이 기다리고 있다. 나는 그 일을 생각하면 오줌이 찔끔찔끔 지릴 정도로 몸서리가 쳐진다.

그래서 나는 저녁이면 집 밖에 나와 서성인다. 왠지 아빠의 상태를 미리 살펴봐야 할 것 같은 생각이 들기 때문이다.

아빠는 오줌 눈 자리에 켁 하고 가래침을 뱉은 뒤 다시 노래를 부르며 비틀거리는 발걸음을 떼기 시작했다.

"이 풍진 세상을…… 끄윽, 만났으니…… 끄윽, 부귀와 영화를…… 끄윽, 누렸으면…… 끄윽, 희망이 족할까……."

전봇대 허리쯤에 가로등 지지대도 없이 전선줄에 아슬아슬 매달려 있는 흐릿한 전구 불빛이 아빠를 따라갔다.

바람이 불 때마다 전구와 전등갓이 서로 부딪치며 위태롭게 흔들거렸다. 그때마다 아빠의 모습도 같이 흔들거렸다.

쓰레기 더미 뒤에서 나와 아빠의 뒷모습을 물끄러미 쳐다보았다. 앞모습보다 훨씬 작고 오그라진 것 같은 뒷모습이다. 아빠의 뒷모습이 오그라지는 그만큼 내 마음도 몸도 같이 오그라지는 느낌이 들었다.

요즘 나는 아빠의 뒷모습만을 바라보아야 한다. 뒷모습은 앞모습처럼 익숙하지도 않고, 넉넉하지도 않고, 따뜻하지도 않다. 뒷모습은 앞모습보다 더 작아 보이고 앞모습보다 훨씬 더 위태롭게 비틀거린다. 게다가 다가오는 것은 모두 앞모습을 보여 주지만 사라지는 것은 모두 뒷모습을 남긴다. 사라지는 것은 결코 앞모습을 남기는 법이 없다.

아빠가 다가오는 모습을 보여 주던 때가 언제였더라? 이젠 기억마저 흐릿해진다. 날마다 얼굴을 대하면서도 다가오기보다는 멀어져 가는 아빠. 날마다 집으로 들어오긴 하지만 앞모습보다는 뒷모습만 보여 주는 아빠.

아빠의 뒷모습이 눈에서 멀어지자 바지 주머니에 손을 푹 찌른 채 가로등 불빛에 드리워진 내 그림자를 내려다보았다. 내가 움직이는 대로 그림자도 같이 움직였다. 아니, 그림자가 움직이는 대로 내가 움직이는 것 같았다. 그림자는 결코 내게서 떨어지지 않고 나를 따라다녔다.

떼어 낼 수도 없고, 그렇다고 나와 하나가 될 수도 없는 그림자. 그러나 가능하다면 그림자가 내 키보다 더 크게 자라지만 않으면 좋겠다. 제발 해 질 녘의 가느다랗고 긴 그림자 같은, 가벼운 그림자는 달고 다니고 싶지 않다.

그림자와 내 몸이 붙어 있는 발 밑에 아이들이 가지고 놀다 두고 간 공깃돌이 눈에 들어왔다. 공깃돌 하나를 발로 톡 찼다. 공깃돌이 날아가 녹슨 세발자전거에 떨어지며 '팅' 하는 소리를 냈다. 나는 그 소리에 움칫했다. 생각보다 소리가 컸다.

바람이 불어 와 골목 한쪽에 쌓인 쓰레기 더미의 퀴퀴한 냄새를 들쑤셔 댔다. 그 바람 속에 아빠가 풍기는 술 냄새도 같이 묻어오는 듯했다.

집 앞에 이르렀을 때 나는 귀를 쫑긋 세우며 걸음을 멈췄다. 아빠의 고함 소리가 마당을 빠져 나와 골목을 울렸기 때문이다.

"여편네라고, 하루 종일 집에 자빠져 있으면서, 도대체 무얼 하는 거야? 서방이 들어왔으면 냉큼 일어나서 맞아들여야 할 것 아니야!"

그러나 엄마의 대꾸 소리는 들리지 않았다. 엄마의 침묵이 깊을수록 아빠의 고함 소리는 더 커졌다.

나는 집 담벼락에 오그라 붙듯 서서 집 안의 동정에 귀를 기울였다. 담벼락엔 몇 차례의 선거 때마다 나붙었던 후보자의 얼굴들이 뜯기다 만 채로 너덜거렸다. 서로 엉겨 붙은 후보자들 얼굴 위로 엄마를 윽박지르는 아빠의 얼굴이 겹쳐졌다.

"무슨 말이 됐든, 뭐라고 말 좀 해 보라니까! 정말 왜 이러는 거야? 하루 이틀도 아니고!"

바로 그 순간, 나보다 열 살이나 어린 동생 순동이의 울음소리가 좁은 마당에 가득 찼다.

"앙! 앙! 앙……."

나는 담벼락에서 몸을 떼고 집 안에서 일어나는 상황을 그려 보았다.

아빠는 집에 들어가자마자 인정사정없이 엄마를 걷어찼을 것이다. 그 발길질에 엄마는 제대로 대들어 보지도 못하고 고꾸라지며 배를 안고 뒹굴었을 것이고, 그 옆에 누워 자던 순동이는 놀라서 울어 대는 것이리라.

벌써 한두 번 겪는 일이 아니라서 나는 집 안에서 일어나는 일을 손금 보듯 환히 그려 볼 수 있었다.

다시 '쿵쿵' 하는 소리가 들려왔다. 아마도 아빠가 엄마의 머리채를 휘어잡고서 벽에다 머리를 짓찧는 것이리라.

'쿵쿵' 소리가 들릴 때마다 까만 밤하늘에서 별들이 '콩콩' 소리를 내며 쏟아져 내리는 것만 같았다. 하늘로 이어지는 기둥이 있어 그 기둥에 저렇게 머리를 찧는다면 아마도 하늘의 별도 절반은 족히 쏟아져 내리리라. 그것도 콩콩 소리를 내면서.

아빠는 계속 별을 쏟아져 내리게 했다. 나는 별이 쏟아져 내리는 소리가 계속되는 그만큼 불안했다. 저러다가 아예 하늘이 무너져 내리지나 않을까 하는 불안감.

"이봐, 뭐라고 말 좀 해 봐! 말 좀 해 보라구! 차라리 나무토막하고 살지 당신하곤 이젠 못 살겠어! 미치고 환장하겠네 정말!"

그러나 엄마는 끝내 아무런 대꾸도 하지 않았다.
매번 싸울 때마다 엄마는 일방적으로 얻어맞으면서도 한마디도 대꾸하지 않는다. 아빠는 엄마의 그런 태도에 더욱 화가 돋는 것 같았다.
몇 번 더 우당탕 하는 소리가 나고서야 집 안이 조용해졌다.
나는 그때서야 조심스럽게 문짝을 밀치고 집으로 들어갔다. 먼저 방문 앞에 아무렇게나 던져 놓은 아빠의 연장 가방이 눈에 들어오고, 이어서 밥 타는 냄새가 코를 찔렀다. 주인집 방문 틈에선 요란한 텔레비전 소리가 새어 나왔다.
어찌 된 일인지 주인집에선 세들어 사는 우리 집에서 싸움을 하든 굿을 하든 절대로 간섭하는 법이 없다. 나는 그게 한편으론 다행이면서도 다른 한편으론 못마땅했다. 아빠와 엄마의 싸움에 남이 끼어들지 않아 덜 창피해서 좋긴 하다. 그러나 남이 모르는 척하면 할수록 엄마가 일방적으로 더 얻어맞게 되어 있어 나는 늘 누군가가 싸움을 말려 주었으면 하는 바람을 갖는다. 하지만 주인집 사람들은 절대로 남의 집 부부 싸움에 끼어드는 법이 없었다.
그 대신 안 끼어들어도 좋을 땐 끼어든다. 주인 아저씨는 엄마가 다치고 난 뒤 걸핏하면 엄마를 요리조리 살펴보는 버릇이 생겼다. 특히 엄마와 아빠가 한바탕한 다음 날에 주인 아주머니가 집에 없기라도 할라치면 괜스레 마당을 어슬렁거리며 우리 집 쪽을 살펴본다. 그러다 엄마가 밖에 나오기라도 하면 그때를 놓치지 않고 말을 걸었다.

"순지 엄마 요새 힘들겠수."
"……."

엄마는 역시 침묵이다. 그러나 주인 아저씨는 그저 실실 웃으며 그렇게 묻고 또 묻는다. 그새 그는 흐트러진 엄마의 자세에서 엉뚱하게도 '여자 내음'을 맡는 듯했다. 학교에서 돌아왔을 때 그런 주인 아저씨의 모습을 보기란 그리 어려운 일이 아니었다. 우연인지 모르지만 엄마와 아빠가 한바탕한 다음 날에다 주인 아주머니가 없는 날이면 일을 나가지 않고 집에 있기 때문이다.

나는 무심결에 주인집을 한번 흘깃 쳐다본 뒤 방문을 살짝이 열었다. 방 안에 갇혀 있던 술 냄새가 한꺼번에 확 끼쳐 왔다.

아빠는 언제 난리를 피웠더냐 싶게 아랫목에 네 활개를 펼치고 누워서 코를 드르렁 골며 잠들어 있었다.

엄마는 울다 잠든 순동이를 가슴에 안고 윗목 벽에 기댄 채 눈을 감고 앉아 있었다. 윗도리가 거의 벗겨져 있어 젖무덤이 다 드러나 있었다. 머리는 짓다 만 까치집처럼 엉망으로 헝클어져 있고 입술엔 핏자국이 남아 있었다. 담벼락에 기대어 그려 보던 풍경이 그대로 눈앞에 나타나 있는 것이다.

내가 방에 들어가서 문을 닫을 때까지도 엄마는 눈을 뜨지 않았다.

나는 앉은걸음으로 게걸음 치듯 해서 엄마 곁에 다가갔다. 순동이를 엄마 가슴에서 살짝 떼어 내 한쪽에 눕힌 뒤 엄마를 살펴보았다. 하얀 젖무덤 위를 할퀴고 지나간 손톱 자국이 뚜렷했다. 브래지어는 목까지 끌려 올라가 있었으며, 윗도리 단추는 다 뜯겨 나가고 없었다. 나는 브래지어를 끌어내려 원래의 자리에 맞춰 주고 앞섶을 대충 여며 줬다. 엄마는 내가 하는 대로 눈을 감고 가만히 있었다.

"엄마……."

그때서야 엄마가 가늘게 눈을 뜨며 턱으로 아빠를 가리켰다.

나는 그 턱짓의 의미를 얼른 알아차리고 궤짝 위에서 얇은 담요를 내려 아빠의 배를 덮어 준 뒤 고개 밑에 베개를 받쳐 주었다.

양말을 벗기자 아빠는 '끙' 하는 신음 소리를 한 번 냈다. 양말에서 절은 땀 냄새가 시큼하게 풍겨 왔다.

엄마는 순동이를 자리에 내려놓고 순동이 옆에 쓰러지듯 누웠다.

베개 대신 팔베개를 한 채 옆으로 누운 엄마의 눈에서 눈물 한 줄기가 흘러내렸다.

엄마의 누운 뒷모습을 물끄러미 쳐다보다 말고 아빠의 양말을 들고 나와 마당 한구석에 있는 수돗가로 갔다. 수도꼭지를 틀어 세숫대야에 물을 받았다. 쏴 하고 쏟아져 내리는 수돗물 소리 위에 주인집 방문 틈에서 새어 나오는 텔레비전 소리가 겹쳤다. 이내 수돗물 소리, 텔레비전 소리가 어우러져 '이 풍진 세상을 만났으니……'로 들려왔다.

침묵으로 그린 풍경

> 언제부턴가 갈대는 속으로
> 조용히 울고 있었다.
> 그런 어느 밤이었을 것이다. 갈대는
> 그의 온몸이 흔들리고 있는 것을 알았다.
>
> 신경림 · 〈갈대〉에서

부스럭거리는 소리가 났다. 나는 두 손으로 눈을 비벼 댔다. 그러나 눈을 뜨지는 않았다. 눈을 뜨지 않아도 방 안 풍경이 잡혔다. 그 풍경은 애써 눈으로 보지 않아도 알 수 있다.

순동이가 밥상을 짚고 서서 숟가락으로 밥알을 흐트러뜨리고 있을 것이다. 그리고 엄마는 아무 말 없이 밥상 곁에 앉아 있을 것이다. 이건 방 안 풍경이라기보다는 요즘 집안 분위기를 나타내는 것이라고 해야 더 옳을 것이다.

아빠는 오늘도 아침 일찍 어딜 나갔는지 보이지 않을 것이다. 아침 밥상 앞에서 아빠의 빈자리는 방 안의 낯익은 풍경이다.

거기까지, 벽에 걸어 놓은 정물화를 보듯, 머릿속으로 방 안의 낯익은 풍경을 다 훑어본 뒤 나는 눈을 떴다. 그리고 하품을 길게 하면서 그제야 자리에서 일어났다.
 엄마를 쳐다보며 조심스럽게, 아니 조그맣게 입을 열었다.
 "나 오늘 돈 좀 있어야 되는데……."
 "……."
 "엄마, 돈 없어?"
 "……."
 중학교 들어선 한 번도 준비물을 제대로 챙겨 간 적이 없기 때문에 별로 기대는 하지 않았다. 그러나 기대는 하지 않아도 매일 아침 그렇게 묻기라도 해 줘야 엄마에게 내 할 일을 다 하는 것 같기 때문에, 나는 엄마의 대답과는 상관없이 학교와 관계된 일을 애써 묻고 또 묻는다. 그래야 엄마도 내가 학교에서 무슨 공부를 하는지 짐작이라도 할 게 아닌가.
 "오늘 미술 시간에 쓸 재료 사 가야 돼."
 그러나 엄마는 오늘도 역시 그냥 가라는 뜻으로 받아들여야 할 침묵이었다.
 나는 엄마의 대답을 기다릴 필요가 없어 곧바로 일어나 수돗가에 나가 세수를 했다. 벌써 물에 찬기가 돌아 얼굴에 겨우 물 칠하는 시늉이나 내는 세수였다.
 방에 다시 들어가자 엄마는 여전히 밥상 곁에 오도카니 앉아 있었다. 불안하기 짝이 없는 모습이었다. 그 불안감을 조금이라도 덜어 보기 위해 나는 밥을 물에 말아 후루룩 마시듯 떠넘겨 버린다. 일부러, 큰 소리를 내며, 급하게.
 엄마는 여전히 아무 말 없이, 내가 밥 먹는 모습을 멍한 눈빛으로 바라보기만 했다.
"아빠 아직도 일자리 못 구한 거야?"
"……."
"아빠 아직도 일자리 못 구한 거냐구?"
재차 확인하듯 물었지만 엄마는 여전히 아무런 대꾸도 하지 않았다. 엄마의 침묵을 뒤로 하고 서둘러 책가방을 둘러메고 방을 나왔다. 아빠도 마찬가지이겠지만, 엄마의 침묵에서 벗어나는 일은 서둘러 방을 빠져 나가는 일뿐이다.
언제부터 집이 머물고 싶은 곳이 아니라 벗어나고 싶은 장소가 되어 버렸을까? 사실 아빠는 다른 무엇보다도 엄마의 침묵이 견디기 힘들어 눈만 뜨면 방을 빠져 나가고 싶어 한다. 어느새 나도 엄마의 침묵에서 벗어나고 싶어 아침이면 서둘러 방을 빠져 나간다. 아빠의 행동이 싫으면서도 결국은 나도 아빠처럼 행동하고 있다.
방을 나서자 순동이가 밥풀을 잔뜩 묻힌 채 나를 따라 마루로 기어 나왔다.
"누우야, 하꼬 갔다가."
순동이는 네 살이 되도록 말이 서툴고 말 끝에 무조건 '가'를 붙이는 버릇이 있다. 순동이가 그 버릇대로 인사를 하며 손을 흔들었다.
"그래, 엄마랑 잘 놀고 있어. 누나 학교 갔다 올게."
나는 순동이의 손을 한 번 잡아 주고 집을 나섰다.
빈터를 지나자 골목에서 쏟아져 나온 어린아이들 소리가 제법 와자지껄했다. 나는 아무 말 없이 아이들 뒤를 따라가며 생각에 잠겼다.

아빠는 추석 때까지도 일자리를 구하지 못하려나? 엄마는 언제쯤 되어야 몸이 다 나아서 입으로 말을 하고 귀로 말을 들을 수 있을까? 아빠는 술 좀 마시지 않으면 안 될까?

지난해까지만 해도 우리 집 분위기는 지금 같지 않았다. 아빠는 다른 아빠들과 마찬가지로 식구들을 위해 열심히 일을 했고, 엄마는 얼마 되지 않는 수입일망정 요리조리 잘 쪼개서 살림을 알뜰하게 해 나갔다.

흔히 하는 말 그대로, 가난하긴 했지만 우리 식구에게는 오순도순 사는 즐거움이 있었다. 고만고만한 살림을 사는 여느 집들과 마찬가지의 즐거움. 그땐 그게 즐거움인지조차 몰랐지만…….

아빠는 가끔씩, 아주 가끔씩, 나와 순동이가 좋아하는 닭튀김을 사 들고 오기도 했다. 또 월급날이면 식구들 모두 중국집에 가서 자장면을 맛있게 비우고 오기도 했다.

그러나 그 정도의 작은 행복도 잠깐이었고, 곧 어두운 그림자가 따라붙었다.

어두운 그림자는 아빠가 나가는 가구 공장이 부도를 맞고 문을 닫은 데서부터 시작되었다.

아빠는 진즉 회사를 옮겨야 했는지 모른다. 지금 다니고 있는 회사가 아니다 싶으면 좀 더 나은 곳으로 미리미리 옮겨야 했다. 그러나 회사가 문을 닫을 때까지 고지식하게 버티고 있다가 회사가 문을 닫자 갑자기 일자리가 없어져 버렸다.

아빠는 다른 가구 공장에 임시 직원으로라도 나가려고 이곳 저곳을 수차례 알아봤지만 이미 새로운 직장을 구하기는 가구 산업 전체가 너무나 기울어져 있었다. 결국 아빠는 안정적인 밥벌이를 하지 못하는 가장이 되고 말았다.

아빠는 생각보다 훨씬 더 불안해했다. 그런 아빠에게 엄마는 당연히, 여느 집 아내들과 똑같이 위로의 말을 따뜻하게 했다.

"여보, 너무 그렇게 애쓰지 말아요. 내가 파출부 일이라도 알아볼 테니까 그동안 좀 쉰다고 생각하세요."

엄마는 아빠가 안쓰러워서 식당 일이든 파출부 일이든 나가야겠다고 마음먹고 있는 터였다. 그럴 때마다 아빠는 어색한 웃음을 지으며 힘없이 말했다.

"여자들이 벌어 봐야 얼마나 벌겠소. 어떡하든 내가 나가서 알아봐야지."

그러나 여러 날이 지나도 일자리는 쉽게 나지 않았다.

아빠의 일자리가 쉽게 나지 않는 대신 다행히도, 정말 뜻밖에도, 얼마 지나지 않아 엄마의 일자리가 생겼다. 물론 고정직은 아니었다. 기술이나 전문 지식이 없는 보통 여자들에게 어쩌면 술집 다음으로 가장 손쉽게 생기는 자리, 파출부 자리였다.

엄마는 보통 이삼 일에 한 집, 재수가 좋으면 이틀 연속 쉬지 않고 일을 나갔다. 마음 같아선 하루에 두어 집씩 자리가 나면 괜찮을 것 같은데 그게 그렇게 마음대로 되지 않았다.

그렇게나마 파출부 일을 시작한 지 두 달쯤 지난 어느 날이었다. 그날은 웬일인지 하루에 세 집이나 일을 나가게 되었다.

'살다 보니 이런 날도 있구나. 하루에 한 집도 잘 안 나더니 오늘은 어쩐 일이지?'

엄마는 마치 복권에 당첨이라도 된 기분으로 집을 나섰다.

첫 번째 집은 맞벌이 부부 집이었는데, 빨래를 비롯해 집 안 청소를 하는 일이었다. 늘상 하는 일이고 가장 단순한 일이라서 엄마는 거침없이 일을 해치울 수 있었다.

두 번째 집은 직장에서 은퇴한 뒤 자식들을 내보내고 두 부부만이 사는데 제법 살림에 윤기가 나는 집이었다.

안주인 할머니가 중풍으로 몸이 불편해서 가끔씩 살림을 도와줄 사람을 쓰는 모양이었다. 아마도 자식들은 여느 집이나 그렇듯이 주말에나 한 번, 아니면 집안 행사나 있어야 들르는 성싶었다.

엄마는 할아버지가 이르는 대로 먼저 할머니를 부축해 목욕탕으로 데리고 들어가 목욕을 시켰다.

할머니는 말하는 것도 어눌해서 엄마에게 별다른 요구를 하지 않았다. 엄마는 할머니를 씻겨 안방으로 데려가 누인 뒤 밑반찬 몇 가지를 만들었다.

엄마는 일하는 것이 별로 힘들지 않았다. 오히려 붕붕 뜨는 기분이었다. 하루에 세 집씩 꾸준히 일이 있다면 금세 목돈을 마련할 수 있을 것만 같았다. 그래서 할아버지의 은근한 추파도 무덤덤히 견뎌 낼 수 있었다.

"색시, 아이들은 여럿 되우?"

'아줌마'라는 말 대신 '색시'라고 부르는 할아버지의 속뜻이 들여다보여 비위는 좀 거슬렸지만 엄마는 티 내지 않고 애써 덤덤하게 대답했다.
 "예, 남매 두었어요."
 "허! 애를 둘씩이나 낳은 사람이 몸매는 아직도 처녀티 나는구만."
 다른 때 같았으면 영감이 별 주책 맞은 소릴 다 하고 있다고 한마디 쏘아 주었을지 모른다. 그러나 그날은 꿍꿍이속이 다 들여다보이는 할아버지의 끈적거리는 눈길마저 별로 부담스럽지 않았다. 오히려 얼굴 하나 찡그리지 않고 농담으로 대꾸할 여유까지 있었다.
 "씻길 때 보니까 할머니도 아직 팽팽하시던데요, 뭘. 할아버지가 잘해 주시나 보죠?"
 할아버지는 그 대목에서 무안해서 그런지 괜스레 헛기침을 하며 슬쩍 딴소리로 말을 둘러댔다.
 "애들 아버지는 무슨 일 나가시우?"
 "그냥, 남들처럼 직장 다니지요, 뭐."
 "어떤 직장이길래……. 색시가 고생이구만, 쯧쯧."
 할아버지는 또다시 '색시'를 들먹이며 알 듯 모를 듯 한 표정을 지으며 혀를 찼다. 엄마는 그러거나 말거나 할 일만 재빠르게 해치웠다.
 일을 마치고 나자 할아버지가 미리 정한 품삯에다 오천 원이나 더 얹어 주면서, 안 잡아도 될 손까지 잡으며 간곡한 말투로 말했다.

"일하는 사람 여럿 겪어 봤지만 성에 차는 사람이 없었다우. 오랜만에 손끝 야문 사람이 와서 기분이 좋아요. 우린 보다시피 외로운 늙은이들이오. 다음에도 부르면 금방 와 줄 수 있지요?"

어딘가 속이 들여다보이는 말이었지만, 엄마는 실속을 챙기는 말만 또박또박 내뱉었다.

"그럼요, 언제든지 불러만 주세요. 제 전화번호 적어 드릴 테니까 소개 사무소 통하지 말고 직접 전화하세요."

엄마는 아무 거리낌 없이 집 전화번호까지 적어 주고 그 집을 나왔다.

찻길로 가기 위해 부지런히 발걸음을 떼면서 엄마는 흡족한 마음으로 호주머니 속의 돈을 만지작거렸다. 돈을 만질 때마다 뜻밖에도, 할아버지 손에서 손을 잡아 뺄 때 노인네 힘이 강단졌다는 느낌이 들었다.

세 번째 집으로 가기 위해선 바삐 서둘러야 했다. 그런데 지하철 공사 중인 길을 지나느라 버스가 제 속도를 내지 못해 시간을 많이 잡아먹었다.

약속 시간이 다 되어 가자 마음이 다급해진 엄마는 버스가 정류장에 서자마자 건너편 길로 가기 위해 미처 좌우를 충분히 살필 겨를도 없이 급히 횡단보도를 뛰어갔다. 그곳은 새로 아파트 단지가 조성된 곳이라 횡단보도에 아직 신호등이 없었다.

횡단보도를 절반쯤 건넜을 때, 뜻하지 않게 영업용 택시가 달려와 엄마를 들이받은 뒤 달아나 버렸다.

엄마는 중상이었다. 다리가 부러지고 머리가 피투성이가 되고 말았다. 넉 달에 걸쳐 무려 세 번이나 머리 수술을 받아야 했다. 머리에 비하면 다리가 부러진 건 아무것도 아니었다.

그런데 더욱 난감한 일은 엄마를 친 택시 운전수가 뺑소니를 쳐 버려서 잘잘못을 따질 상대도 없이 엄마의 병원비는 몽땅 우리가 떠맡게 된 것이었다.

뺑소니 운전수를 잡기 위해 사고 현장에 사고 목격자를 찾는 현수막도 내걸어 봤지만 헛일이었다. 출퇴근 시간이 아니어서 인적이 드문 시간이기도 했지만, 남의 일에 끼어들고 싶은 사람이 없어서인지 현수막이 너덜너덜해지도록 제보 전화 한 통 없었다.

"에잇, 빌어먹을!"

아빠는 뺑소니를 친 운전수를 잡지 못하자 엄청난 병원비에 짓눌려 미친 사람처럼 울부짖는 일이 잦아졌다.

아빠는 별다른 방법이 없어 그동안 번 돈 대부분을 부어 모았던 적금 통장을 해약해서 병원비를 댔다. 적금을 타면 방 두 개짜리로 이사 가려고 먹을 것 입을 것 아껴 가며 모은 돈이었다.

물론 병원비는 그것으로도 부족했다. 그래서 시골에 사는 할머니에게 연락을 해서 빚까지 얻어 병원비를 치렀다.

아빠는 무슨 일을 의논할 형제자매도 없는 외아들인데다가, 가까이 마음을 트고 지내는 일터 친구라고 해 봐야 저나 나나 두더지 형 시궁쥐 아우 하는 꼴이어서 어디서 구리돈 한 닢도 융통할 수 없는 위인이었다.

엄마의 친오빠인 손위 처남에게 아빠는 앞뒤 생각 없이 도움을 요청해 보긴 했다. 그러나 보기 좋게 거절당하고 말았다.
 "이 사람이 지금 정신 나간 소리 하고 있구만. 형제간에 돈거래하다간 피차간에 낭패 보는 일밖에 없네. 내 앞에서 다시는 그런 소리 하지 말게. 이럴 줄 알고 내가 저번 날 다녀갈 때 병원비는 어떡할 거냐고 미리 물었잖아. 그랬으면 미리미리 다 준비해야지, 이 사람아."
 아빠는 처남의 싸늘한 말투에 기가 질려 더 이상 사정하지 못했다. 그래서 엄마의 병원비는 결국 늙은 할머니까지 나서서 메워야 했다.

솔개와 병아리

> 움직이는 것들은 세상을 가만히 놔두지 않네.
> 바람도, 비도, 생각도······.
> 박찬·〈식물이 되어 바라보다〉에서

"순지야! 순지야! 아빠가 딱 한 잔 했다, 한 잔 했어!"

그러나 한 잔만 한 게 아니었다. 정말로 한 잔만 했다면 저렇게 소리 지를 일도 없을 것이다.

아빠는 원래 술이라고 해 봐야 입술이나 축이듯 겨우 한두 잔 마시면 그만이었다. 하지만 엄마가 교통사고를 당한 뒤론 그동안 못 마신 술까지 다 찾아 마시겠다고 작정한 사람처럼 술을 일삼아 마셔 댔다.

처음엔 자기가 직장을 잃고 노는 바람에 엄마가 사고를 당했다며 술을 마셨다. 그러나 주량이 점차 늘어나자 그런 자책도 필요 없게 되었다. 오직 술을 마시지 않으면 전혀 살아 있다는 느낌이 들지 않아서인 것 같았다.

그런데 아빠는 술 마실 때만이라도 살아 있다는 느낌을 가질 수 있는지 몰라도 엄마는 살아 있다는 느낌이라곤 아예 갖지 못한 채 살고 있다.

여느 술꾼들과 마찬가지로 아빠도 술이 늘어 감에 따라 술주정도 같이 늘어 갔다. 처음엔 술주정이라 해 봐야 "우리 순지! 우리 순동이!" 하면서 우리들을 붙잡고 혀 꼬부라진 소리를 하는 정도였다.

그러나 퇴원을 하긴 했지만, 엄마의 상태가 좋지 않아서 가정생활이 예전 같지 않자 아빠는 더욱 술에 빠져 들기 시작했고, 술에 빠져 허우적거리는 것 이상으로 술주정도 늘어났다.

엄마는 겉으로 보기엔 괜찮아 보였지만 머리를 다쳐서 그런지 눈에 띄게 말수가 줄어들었다. 아니, 하루 종일 거의 말을 하지 않고 지낸다는 표현이 더 마땅할 것이다.

그렇다고 엄마가 예전에 비해 집안일을 소홀히 하는 건 아니었다. 아침이면 정확한 시간에 일어나 예전처럼 식사 준비를 하고 낮에는 식구들 빨래며 크고 작은 집안일을 옛날과 다름없이 해 나갔다. 다만 엄마는 말을 하지 않았고, 낯선 일은 새로 시작하지 못했다. 하지만 예전에 몸에 밴 일은 마치 오래 묵은 습관을 버리지 못하기라도 하듯이 사고 전과 마찬가지로 다 해냈다. 그런데 아빠에겐 그게 더 답답한 모양이었다. 말하자면 엄마가 일을 기계적이고 습관적으로 한다는 생각이 든 것이다. 물론 엄마는 그런 생각조차 없는 듯했다. 엄마 처지에선 그저 손에 익숙한 일을 할 따름이었다.

아빠는 처음엔 엄마가 말을 하지 않는 걸 못 견뎌 했을 뿐이었다. 그러나 엄마의 변화 없는 무덤덤한 행동은 그치지 않았다. 아빠는 엄마에게 사고 후유증이 남아 그러려니 하며 스스로를 달랬다.

그러나 아빠의 참을성은 그리 오래가지 않았다. 술이 느는 것에 비례해서 같이 늘어나는 술주정을 자기도 감당하지 못하게 된 것이다.

"서방 일자리 없어서 출근 못하는 것 뻔히 알면서, 아침밥은 뭐 한다고 꼬박꼬박 해 바치는 거야?"

"……."

"나, 일 나갈 데 없다니까! 제발 아침밥 시간 맞춰 하지 마!"

마침내 아빠는 엄마가 예전처럼 시간 맞춰 아침밥을 해 주는 것을 빌미로 심술을 부릴 정도로 마음이 앵돌아지기 시작했다. 그러다가 술을 마시기만 하면 끝내 엄마를 때리기까지 했다. 폭행은 전혀 트집거리도 아닌 것을 아빠 스스로 애써 트집거리로 몰고 가면서 시작됐다.

엄마가 사고를 당한 지 일주일쯤 지난 뒤였다. 갑자기 낯선 영감한테 전화가 오기 시작했다.

낮에 내가 전화를 받았을 때 영감은 다짜고짜 아줌마가 있느냐고 물었다. 나는 아줌마를 찾는 전화에 "엄만 지금 병원에 있는데요."라고 간단히 대답한 뒤 전화를 끊었다. 전화 저쪽에서 더 묻는 말도 없었기 때문이다. 저녁에 전화가 또 왔다. 마침 병원에 있다가 집에 들른 아빠가 전화를 받았다.

그러나 아무런 말 없이 일방적으로 전화를 끊는 소리만이 전화선을 타고 넘어왔다. 아빠는 고개를 갸우뚱했지만 잘못 걸린 전화려니 하고 말았다.

조금 뒤 다시 전화가 왔다. 내가 전화를 받았다.

"으흠, 거기 파출부 일 나가는 아줌마 집 아닌감?"

"맞는데요, 할아버진 누구세요?"

"응, 나?"

당황스런 말투였다. 그리고 전화는 끊겼다.

전화 내용을 전해 들은 아빠는 얼굴을 잔뜩 찌푸렸다.

엄마에겐 그 전화 한 통이 '고문'이 시작되는 신호나 마찬가지였다. 그 전화를 빌미로 아빠는 트집을 잡기 시작했다.

술을 마시고 들어와 난리를 치다 보면 있는 말 없는 말까지 뱃속에서 다 끄집어내지는데 전화 속의 낯선 영감이 아빠에겐 아주 좋은 화풀잇감으로 떠올라 주었다.

"흥, 서방 일자리 없는 핑계로 집안 살림 돕는다고 파출부 일 나가더니 웬 늙은 영감탱이하고 붙어서 굴뚝새 촐랑거리듯 나대며 서방질이나 하고 다녔구만! 그러니 사고가 나지, 사고가 나. 당신 벌받은 거야, 알아?"

예전의 아빠라면 결코 그렇게까지는 말하지 않았을 것이다. 그러나 억지소리도 자꾸 하다 보면 스스로 최면이 걸려 사실로 믿게 된다. 아빠가 바로 그짝이었다.

굳이 굴뚝새 촐랑거린다는 말을 쓰자면, 그 말은 주인 아저씨한테나 맞는 말이었다. 주인 아저씨는 사고 이후 엄마가 혼자

멍하니 있으면 금세 마당으로 튀어나와 엄마에게 몇 마디 말을 건성으로 붙여 본 뒤 다짜고짜 뒤에서 껴안거나 가슴께에 손을 집어 넣거나 했다. 그때마다 엄마는 솔개에게 차인 병아리처럼 몸을 잔뜩 웅크린 채 가만히 있을 뿐이었다. 결코 몸을 빼거나 주인 아저씨를 밀쳐 내거나 하지 않았다. 나는 엄마의 멍한 표정과 무반응이 늘 마음에 걸렸다.

학교에서 돌아와 집에 들어서다 그 광경을 몇 번이나 목격했다. 그때마다 엄마는 여전히 자신을 무방비 상태로 방치하고 있었다. 나와 맞닥뜨린 주인 아저씨만이 어색한 헛기침을 했다.

아빠는 다행인지 불행인지 이런 사실까지는 모르는 것 같았다. 그래서 영감탱이는 들먹여도 주인 아저씨는 들먹이지 않았다. 엄마는 여러 마리의 '솔개'에게 둘러싸인 '병아리' 신세인 것만은 틀림없었다. 아마도 엄마에겐 아빠까지도 솔개 가운데 한 마리인지 모를 일이었다.

그러나 나는 솔개들로부터 병아리를 충실하게 지켜 주는 경비견이 되어 주지 못했다. 그저 나는 어른들이 만들어 내는 그림자 속으로 서서히 빨려 들어갈 뿐이었다. 음지 식물이나 습지 벌레처럼 밝은 걸 어색해하고 어둠에 더 익숙해져 버렸다. 그러다 보니 나는 더 작아지기만 했다. 햇볕보다는 햇볕이 만들어 내는 그림자에 더 익숙해져 버렸다. 그러니 '경비견'으로 제대로 자랄 기회도 없었다.

엄마는 오로지 아빠를 비롯한 가족밖에 모르는 사람이었다. 더구나 집안 살림을 돕기 위해 힘든 일도 마다하지 않은 엄마의 진정을 아빠가 모르는 바 아니었다. 그런데도 아빠는 술에 취하면 할 말 못할 말 구분 없이 마구 쏟아 냈다.

"당신, 나한테 무슨 불만이 그렇게 많아서 말을 하지 않는 거야? 불만이 있으면 말을 하라 이거야. 입 뒀다 뭣에 쓰려고 말을 하지 않는 거야, 엉? 의사 얘기론 이젠 좋아졌다고 했단 말야! 그 영감탱이한테 데려다 줄까? 그러면 말할 거야?"

이 정도 억지소리를 하고 나면 아빠는 어김없이, 예정된 일처럼, 자기 분에 못 이겨 엄마를 사정없이 두들겨 팼다. 그러면 엄마는 저항하지 못하는 병아리가 되고, 아빠는 사나운 솔개가 되었다.

아빠는 이미 술주정꾼이 되었고, 엄마를 두들겨 패는 일에도 이골이 났다.

차츰 아빠는 엄마를 때린 다음 날이면 집에 들어오지 않는 날이 많아졌다. 스스로 돌아보아도 자기 행동이 못마땅해서 그러는 것인지 몰랐다. 물론 이건 내 생각일 뿐이다. 어쩌면 아빠는 마음대로 되지 않는 이 세상 모든 것이 못마땅해서, 또 자기 처지를 스스로 이겨 낼 자신감이 없어서 자신이 그토록 원망하는 '이 풍진 세상' 어딘가에 슬쩍슬쩍 스며드는 것 같았다.

아빠는 처음엔 엄마를 때리고 나면 조금은 후회를 하는 듯했다. 그래서 나와 순동이를 부둥켜안고 울면서 누구에겐지 모르게 미안하다는 말을 수도 없이, 술기운에 쓰러져 잠이 들 때까지 해 댔다. 그러나 술과 폭력에 '중독' 증세를 보이고 나선 그런 말조차 필요 없게 되었다. 중독 증세는 아무 이유 없이도 자기 행패를 정당화시켜 주고 고민이 필요 없게 해 주는 특효약이었다.

엄마는 그때나 이때나 아무런 반응이 없었다. 아빠가 때리면 때리는 대로 맞고, 아빠가 주절대면 주절대는 대로 듣고 있다가 아빠가 잠들면 그대로 고꾸라지듯 쓰러져 잠이 드는 것이었다.

그런 다음 날 아침이면 엄마는 또 어김없이 시간 맞춰 아침 밥상을 차렸다. 아빠는 아침을 먹는 둥 마는 둥 한 뒤 다시 집을 나갔다. 그러면 엄마는 아빠가 집을 나가며 허물을 벗듯 홀랑 벗어 놓은 속옷을 빨기 위해 옷가지를 챙겨 들었다. 아빠 양말은 내가 대충 주물러서 빨아 놓지만 하얀 속옷은 반드시 엄마가 직접 빨았다.

그런 일들이 반복되던 어느 날이었다. 그날 따라 엄마는 아빠의 속옷을 들고서 오랫동안 들여다보았다. 하얀 속옷 윗도리에 입술 연지 같은 것이 묻어 있었다. 윗도리를 들여다보다 말고 엄마는 속옷 아랫도리를 코에 대고 냄새를 맡았다. 아빠의 속옷 아랫도리 앞자락엔 동전 두어 개만한 자리가 마치 풀을 먹이기라도 한 듯 빳빳하게 도드라져 있었다. 엄마는 바로 그 부분에 몇 번씩 되풀이해서 코를 들이댔으며 손으로 비벼 보기도 했다. 그러나 그뿐이었다. 엄마는 역시 아무 말 없이 멍하니 앉아 있기만 했다.

나는 늘 불안했다. 저항이라곤 전혀 하지 않는 엄마를 때리는 아빠의 태도가 불안했고, 맞고도 아무 말이 없는 엄마의 태도가 불안했다. 엄마가 아빠의 속옷 윗도리에 묻은 입술 연지 자국을 오랫동안 들여다보는 것이며 아빠의 속옷 아랫도리를 코에 대고 냄새를 맡는 모습도 불안했다. 아니, 그런 것보다도 아빠가 벌써 여러 달째 하는 일 없이 술만 마신다는 사실과 엄마를 때린 다음 날엔 집에 들어오지 않는다는 사실이 더 불안했다.

내 생각엔 아빠가 일자리를 다시 구해서 월급만 제대로 타면 결코 엄마를 때리지 않을 것 같았다. 아니, 엄마 손에 옛날처럼 아빠의 월급 봉투만 쥐어지면 엄마도 다시 옛날처럼 상냥하고 정상적인 사람으로 돌아올 것만 같았다.

그래서 나는 한바탕 난리를 치른 다음 날이면 엄마한테 아빠가 일자리를 아직도 못 구했느냐고 꼭 물어보는 버릇이 생겼다. 그럴 때마다 엄마는 묵묵부답이지만, 나는 엄마한테 꼭 그렇게 물어보아야만 될 것 같았다.

아빠가 일자리만 새로 구하면 모든 소란과 불행과 비정상적인 것이 사라지리라는 기대감, 특히 엄마의 침묵까지 풀어지리라는 기대감. 나는 그 기대감이 실제로 이루어지길 바라며 무턱대고 빌고 또 빌었다.

비에 가린 추석 달

> 내 나기 전에도
> 장독엔 달이 고여 있었으리.
> 내 떠난 뒤에도 뭇 벌레들은
> 설리 울어주리.
>
> 설창수 · 〈적막(寂寞)〉에서

"순지, 나순지!"

2교시가 끝난 뒤 담임 선생님이 다급한 목소리로 나를 찾았다. 군데군데 둘러앉아 이야기꽃을 피우던 아이들 눈길이 모두 나에게 쏠렸다.

"순지야, 방금 연락받았는데 집에 무슨 일이 좀 일어난 것 같구나. 어서 가방 싸서 집에 가거라."

선생님이 내 자리까지 와서 가방을 손수 챙겨 주었다. 나는 그저 얼떨떨한 기분으로 선생님의 손놀림을 지켜보았다. 선생님 태도로 볼 때 결코 예삿일이 아니라는 생각이 들었다.

"순지야, 일이 끝날 때까진 학교에 오지 않아도 돼."

아이들은 선생님이 나더러 학교에 오지 않아도 된다고 말하자 잠깐 동안 부러운 목소리로 '와!' 하고 탄성을 질렀다. 순간 선생님 표정이 일그러지자 아이들은 물을 끼얹은 듯 순식간에 조용해지고 말았다.

머릿속이 멍했다. 서둘러 교실을 빠져 나온 뒤 운동장을 가로질러 교문 쪽으로 가는 동안에도 나는 내가 왜 조퇴를 하고 집에 일찍 돌아가야 하는지를 알 수 없었다.

'집에 불이라도 났나? 아니면 엄마가 또 입원했나?'

마음 같아선 집에 전화라도 해 보고 싶었지만, 동전이 없어 공중 전화가 있어도 그저 지나쳐야 했다.

아침에 집을 나설 때만 해도 별다른 일이 없었다. 아빠는 오늘도 혹시나 하고 아침 일찍 집을 나갔고, 엄마는 여느 아침이나 마찬가지로 엊저녁 일은 다 잊어버렸다는 듯 아무 표정 없이 밥상을 차려 놓고 있었다. 그런데 그새 무슨 일이 일어났다는 것일까?

뛰다시피 집에 도착하자 뜻밖에도 주인 아주머니가 나를 맞아 주었다.

"순지 오니?"

주인 아주머니가 먼저 말을 거는 게 이상했다. 그동안 주인 아저씨와 달리 주인 아주머니는 우리 식구 누구에게도 관심이 없었다. 그런데 더욱 이상한 일은 순동이가 주인집 마루에서 놀고 있는 것이었다.

가슴이 철렁 내려앉았다. 아무래도 엄마가 또 입원했으리라는 생각이 들었다.

순동이가 "누우야, 하꼬 갔다가." 하면서 마루를 내려온 뒤 좁은 마당을 뛰어와 내게 안겼다.

"순동아, 엄마는?"

"엄마 꼬까 입고 갔다가."

순동이 말을 따져 보자면 엄마는 외출을 한 게 틀림없다.

"내참, 별일도 다 있지. 막무가내로 애를 맡기더니만……."

엄마는 무슨 급한 일이 있어서 순동이까지 주인집에 맡겨 놓고 외출을 했을까?

미처 엄마의 외출 이유를 생각해 보기도 전에 주인 아주머니가 다시 말을 건넸다.

"애는 내가 계속 돌볼 테니까 넌 얼른 가방 내려놓고 병원에 가 봐라."

"병원에요?"

"응, 저 아래에 대한병원이라고 알지?"

그 순간 직감으로 모든 상황을 파악할 수 있었다.

엄마는 사고를 당한 후 말이 없는 사람이 되어 버린 것 말고도 변한 것이 하나 더 있었다. 그건 엄마가 거의 외출을 하지 않지만, 외출을 했다 하면 사고를 당한 뒤 입원했던 대한병원을 꼭 다녀온다는 것이었다. 다른 사람이 보기엔 엄마가 그 병원에 특별히 볼일이 있는 것도 아니었다. 그런데도 엄마에겐 가끔씩 그곳을 다녀오는 버릇이 생긴 것이다. 특히 아빠에게 얻어맞은 다음 날이면 거의 빠짐없이 순동이를 데리고 대한병원을 찾아가 빈 침대에 한참씩 앉아 있다 오곤 했다.

엄마의 처지를 알고 있는 병원 직원들은 처음엔 엄마의 병실 출입을 눈감아 주었다. 후유증이 오죽하면 저러겠냐 싶어서였다. 그러나 그 횟수가 잦아지자 병원 측에선 엄마의 출입을 막으며 이젠 치료가 끝났으니까 다시 오지 말라고 했다. 행여라도, 정신이 좀 모자라게 되어 버린 엄마가 병원에서 예측할 수 없는 뜻밖의 소란이라도 피울까 봐서였다.

　"아줌마, 자꾸 이러시면 곤란해요. 아줌만 이제 치료할 게 없으니까 병원에 나오지 말고 집에 계세요. 괜히 다른 환자들한테까지 폐 끼치지 말고……."

　그러나 엄마의 병원 출입 습관은 쉽게 가시지 않았다. 병원에 가 봐야 특별히 할 일이 있는 것도 아닌데 엄마는 어쩐 일인지 그 습관을 쉽게 버리지 못했다.

　빨랫줄에 엄마가 널어놓은 빨래들이 바람결에 춤추는 모습이 눈에 들어왔다. 부엌문 사이로 선반에 가지런히 놓인 그릇들도 보였다. 엄마는 보통 때처럼 빨래와 설거지를 깨끗하게 끝낸 뒤 대한병원을 찾은 모양이었다.

　'그럼 별로 신경 쓸 일이 아니잖아. 근데 순동이는 왜 두고 갔지? 나는 또 왜 부르고?'

　알 수 없는 일이었다. 그러나 분명한 것은 엄마에게 무언가 좋지 않은 일이 생겼다는 것이다.

　"순동아, 누나 잠깐만 나갔다 올게. 잘 놀고 있어, 응?"

　"알았다, 누우야, 갔다가."

　순동이를 가볍게 떠밀어 내고선 곧바로 골목길을 뛰어내려갔다. 빈터엔 순둥이만한 어린애 하나가 세발자전거 뒤에다 자기보다 조금 작은 녀석을 태우고선 낑낑대며 자전거를 몰고 있었다.

큰길에 이르러 대한병원이 가까워지자 조바심이 더 나기 시작했다.

'엄마가 왜 병원에 있지? 또 사고를 당했나?'

대한병원에 도착하자 경찰관 대여섯 사람이 병원 앞 인도 한쪽에 줄을 쳐 놓고서 웅성거리고 있었다. 줄 안쪽엔 빨간 핏자국 같은 게 묻어 있었다.

'설마 엄마가……'

머리를 저으며 병원으로 들어갔다. 아빠가 접수대 앞 대기 의자에 멍한 표정으로 앉아 있었다.

"아빠! 엄마는요?"

나는 머뭇거릴 새도 없이 엄마를 찾았다.

그러나 아빠는 아무 대답 없이 나를 멍한 눈으로 쳐다보기만 했다.

"아빠, 왜 그래요? 엄마 많이 아파요?"

"……"

바로 그때 외삼촌이 복도 저편에 서성이고 있는 것이 눈에 들어왔다.

뭔가 좋지 않은 느낌이 들었다. 외삼촌은 엄마가 차에 치여 병원에 입원해 있을 때도 입원하던 날 딱 한 번 와 본 뒤로는 한 번도 병원에 나타난 일이 없었다.

엄마를 친 운전사가 뺑소니쳤다는 말을 들은 외삼촌의 첫 반응은 "그렇다면 다 틀렸잖아? 병원비는 어떡할 거야?"였다. 외삼촌은 그렇게 아빠에게 추궁하듯 한마디 하고 돌아간 뒤론 퇴원하는 그날까지 병문안 한 번 오지 않았다. 얼마 뒤 아빠가 병원비가 모자라 좀 빌려 달라고 했을 때도 형제간엔 돈거래 안 한다며 냉정하게 거절했던 외삼촌이었다. 그런 외삼촌이 이곳에 다시 나타난 게 아무래도 이상했다.
 외삼촌이 내 쪽으로 다가왔다.
 "순지 왔니? 내가 학교에 전화했다."
 뜻밖이었다. 외삼촌이 학교에 전화를 다 하다니. 그러나 지금 그런 걸 따질 정도로 한가하지가 않아서 나는 바로 궁금한 걸 물었다.
 "외삼촌, 엄마 많이 아파요?"
 엄마의 상태가 대충 짐작은 갔지만 뭔가 확실한 대답을 듣고 싶었다.
 외삼촌은 엉뚱하게도 다짐받는 말부터 했다.
 "응, 순지 너, 외삼촌이 하는 말 잘 새겨들어야 한다. 지금부터 누가 되었든 너한테 네 엄마가 평소에 어떻게 지냈는가를 물으면 있는 소리 없는 소리 주절주절 늘어놓으면 안 되고 아예 입 꽉 다물고 있어야 돼."
 외삼촌이 갑작스럽게 다짐받는 말을 하는 바람에 나는 아무런 대꾸도 하지 못했다.
 외삼촌은 아빠에게 다짐받는 말을 했다.

"순지 애비, 자네도 허튼소리 하지 말고 입 꽉 다물어야 하네. 뒷일은 내가 다 알아서 할 테니까."

외삼촌은 특히 '뒷일은 내가 다 알아서 할 테니까'에 힘을 주어 말한 뒤 병원 사무실로 들어갔다.

뭐가 뭔지 모르게 혼란스러워졌다.

삼십 분쯤 지났을 때, 외삼촌이 사무실에서 나왔다.

외삼촌은 사무실 문을 쾅 닫은 뒤 담배를 꺼내 물며 무엇이 못마땅한지 거친 욕설을 퍼부어 댔다.

"썩을 놈들. 자기들끼리 짜고 다 해 퍼먹으라고 해! 에잇, 씨도 안 먹히는 인간들 같으니라고!"

아빠는 무엇에 놀란 사람처럼 자리에서 벌떡 일어나 외삼촌을 보고 말했다.

"그럼 자살이 맞다는 말입니까?"

외삼촌은 담배꽁초를 신경질적으로 집어 던졌다.

"자살이라고 이미 결론이 났다잖아! 이 사람들 얘기론 순지 에미를 옥상으로 내몬 일도 없고, 옥상 문을 잠가 놓아야 할 책임도 없대."

이게 무슨 소린가? 그렇다면 엄마가 자살을? 뜬금없이 밥 타는 냄새가 나는가 싶더니 하늘이 노래지는 것 같았다.

외삼촌과 병원 측 사람들 사이엔 병원 수위가 일부러 엄마를 옥상으로 내몰지는 않았는가, 또 옥상으로 통하는 문을 잠가 놓지 않은 것은 병원의 관리 책임이 아닌가 하는 얘기들이 오갔으나 전혀 받아들여지지 않았다. 그래서 외삼촌은 보다 근본적인 의문을 제기했다. 말하자면 치료를 제대로 하지 않아 환자가 이처럼 병원을 쫓아다닌 것 아니냐 하는 의문. 그러나 병원 측 사람들은 이런 의문 제기에도 눈 한번 깜짝하지 않았다고 한다.

"순지 에미는 이미 출가외인이니까 앞으로 일은 순지 애비가 알아서 다 하소. 허참, 이녁 마누라 하나 제대로 건사 못한 못난 사람 같으니라고……."

엄마가 병원에서 죽었다는 소식을 듣고 달려왔던 외삼촌은 엄마가 자살한 것이어서 보상금 같은 게 나오지 않는다고 결론이 나자 곧바로 돌아가 버렸다. 우리 집 형편이 뻔한지라 행여라도 장례 비용의 일부나마 자기에게 부담을 지울까 봐 그러는 것 같았다.

외삼촌은 그러잖아도 넋이 나가 있는 아빠한테 나무람인지 원망인지 모를 소리만 뱉어 놓고 돌아가 버렸다.

아빠는 하는 수 없이 주인집 아주머니에게 사정을 해서 보증금 일부를 돌려받아 장례 비용을 마련했다.

장례는 순전히 비용이 덜 든다는 이유 때문에 화장을 했다.

엄마의 주검을 화장시켜 강물에 뿌리던 날, 때를 맞추기라도 한 듯이 가을비가 추적추적 내렸다.

엄마의 서른아홉 해의 삶이 담긴 몇 줌의 재가 가을비를 맞으며 강물을 따라 흩어져 내려갔다. 엄마의 뼛가루는 강물 위에서 자취도 없이 사라져 버렸다. 나는 강물에 떨어져 둥근 원을 그리며 넓게 퍼지는 빗방울 하나하나에서 엄마의 얼굴을 보았다.

강물 위로 빗방울 수만큼이나 많이 떠오르는 엄마의 얼굴. 그러나 그 많은 얼굴 가운데 어느 하나도 내 가까이 다가오지 않았다.
 엄마의 뼛가루를 강물에 뿌리고 집에 돌아온 다음 날, 신문엔 눈에 보일락 말락 한 기사가 실려 있었다.

 교통사고 후유증으로 실어증과 우울증이 심했던 30대 주부가 7층 건물 옥상에서 뛰어내려 자살했다.

기사엔 그 건물이 병원 건물이라는 말조차도 나오지 않았다.
 그렇게 엄마의 죽음은 신문을 통해 자살로 확정되었다. 실어증과 우울증을 앓는 주부의 피할 수 없는 자살로.
 아빠는 신문을 펼쳐 둔 채 막소주를 들이부었다.
 "으흐흐흑, 여보, 순지 엄마……."
 나는 그런 아빠를 말릴 수도, 그렇다고 그냥 바라보고 있을 수만도 없었다.
 아빠는 지금 이 순간에도 술을 마셔야 그나마 살아 있다는 느낌이 드는 걸까? 그러나 그것도 자기 주정을 들어줄 상대가 있을 때나 느끼는 게 아닐까? 지금처럼 상대역을 해 주던 엄마가 아예 없어져 버린 마당엔 느낌이고 뭐고 있을 게 없지 않을까? 어쨌든 아빠는 계속 술을 마셔 댔다.
 어쩌면 아빠의 술잔 속엔 엄마가 머무르는지도 모르겠다는 엉뚱한 생각이 들었다. 엄마와 좋았던 시절 혹은 엄마와 좋지 않았던 시절이 다양한 표정이 되어 술잔 속에 머무르는지도 모른다는 생각. 그렇다면 아빠는 엄마의 모습을 떠올리기 위해, 아니면 아예 잊기 위해 술을 마시는 게 아닐까?

저녁이 되자, 벌써 며칠째 엄마 얼굴을 보지 못한 순동이가 엄마를 찾기 시작했다. 나는 엄마를 찾으며 우는 순동이를 업고 빈터로 나갔다.

내 등에 업힌 순동이는 엄마를 찾으며 떼를 쓰듯 울어 댔다.

"순동아, 울지 마."

"누우야, 엄마 꼬까 입고 갔다가."

순동이는 엄마의 마지막 모습을 떠올렸다. 나는 고개를 등 뒤쪽으로 돌리며 순동이를 얼렀다.

"순동아, 누나가 있잖아. 울지 마."

"누우야, 엄마 꼬까 입고 갔다가."

순동이는 같은 말만 계속 되뇌었다.

아무렇게나 나뒹굴고 있는 공깃돌과 세발자전거가 고스란히 비를 맞고 있었다. 나와 순동이도 그 비를 같이 맞았다. 애써 피할 까닭도, 또 피할 곳도 없었다.

어쩌면 오늘 내리는 비 속엔 엄마의 냄새가 녹아 있을지도 모른다는 생각이 들었다. 이젠 맡을 수 없는 엄마의 냄새.

순동이가 등에서 자꾸만 미끄러져 내렸다. 나는 그때마다 허리를 굽히며 순동이를 추슬러 올렸다.

이집 저집에서 전 부치는 냄새가 빗줄기 사이를 헤집고 다녔다. 그제야 추석 명절이 떠올랐다.

'추석 쇠야 되는데 하루 종일 비만 오네…….'

비를 맞으면서도 순동이는 잠이 들었는지 잠잠해졌다. 등 뒤가 점점 더 무거워지자 집으로 발걸음을 뗐다.
밤이 되도록 비는 계속 내렸다. 그래서 추석 달은 비에 가려 끝내 얼굴을 내밀지 못했다.

귀뚜라미가 사는 집

> 서성거리는 달빛 아래서 거미들이 또 안테나를 치고 있다 내일은 좀더 좋은 소식이 걸려오려나 보다
>
> 이진영 · 〈폐가에는 달빛이 살고 있다〉에서

 아빠는 엄마의 장례가 끝나자 복덕방에 방을 내놓은 뒤 남은 세 식구가 살 만한 곳을 찾아 돌아다녔다. 그러나 가진 돈 없이 보증금 일부만으로 서울 하늘 아래에서 갈 만한 곳은 아무 데도 없었다.
 우리가 살고 있는 집에 새로 이사 올 사람은 금세 결정되었다. 며칠 더 지나서야 아빠는 서울 외곽의 읍지역에 있는, 농가의 축사를 개조한 방 한 칸을 월세로 겨우 구했다.
 아빠가 방을 구하는 동안 나는 학교에도 못 가고 순동이를 돌봤다. 물론 순동이를 돌보는 일 말고도 할 일이 많았다. 밥 짓기, 연탄불 갈기, 빨래하기 등 엄마가 하던 일이 모두 내 몫이 되고 말았다.

꺼진 연탄불을 피우느라 매운 연기 냄새를 맡으며 나는 울음을 터뜨리고 말았다. 엄마는 연탄불을 꺼뜨린 일도 거의 없었지만, 연탄불을 살릴 때에도 그다지 많은 연기를 피우지 않고 금세 살려 냈다. 그런데 막상 내가 해 보니 그게 결코 쉬운 일이 아니었다. 연기만 무성하지 연탄불은 살아날 기미를 보이지 않았다. 나도 모르게 엄마라는 말이 튀어나왔다.

"엄마, 엄마……."

힘든 건 집안일만이 아니었다. 집안일보다 더 힘든 건 순동이가 엄마를 찾을 때마다 달래는 일이었다. 순동이는 잘 놀다가도 가끔 엄마를 찾으며 울었다.

"누우야, 엄마 꼬까 입고 갔다가."

나는 순동이가 엄마를 찾을 때마다 순동이를 업고 골목 빈터에 나가 서성였다. 아빠를 기다리느라 나와 있던 곳에 이제는 엄마를 기다리기 위해 나와 있다. 그러나 엄마는 아무리 기다려도 오지 않았다. 아빠는 술 취한 걸음으로나마 돌아오곤 했지만 엄마는 어떤 모습으로도 돌아오지 않았다. 빈터에서 엄마를 기다리는 일은 이사를 갈 때까지 그치지 않았다.

축사집으로 이사를 간 날 저녁, 아빠는 돼지고기를 반 근 떠와서 신 김치와 같이 볶았다. 오래간만에 구경해 보는 고기 반찬이었다. 고기를 한 점 집어 먹어 보려 했으나 잘 넘어가지 않아 젓가락을 슬며시 내려놓고 말았다.

"순지야, 좀 먹어 봐라. 왜? 엄마가 한 게 아니라서 맛이 없나?"

"……."

엄마라는 말을 듣자 목구멍 깊은 곳에서 뜨거운 게 올라왔다.

엄마 생각이 떠오르자 아빠가 원망스러워졌다. 아빠가 엄마를 때리지만 않았더라도 엄마는 죽지 않았을 텐데, 아빠는 왜 그렇게 엄마를 미워했을까? 아빠의 속옷에 묻은 입술 연지를 오래 바라보던 엄마, 그리고 속옷의 냄새를 오래 맡던 엄마. 어쩌면 아빠의 속옷이 엄마의 죽음과 관련이 있는지도 모른다는 생각이 들었다.

이런 속마음을 아는지 모르는지 아빠는 돼지고기를 안주 삼아 소주를 들이켰다.

"순지야, 아빠는 말이다, 그래도 우리 식구 모두 행복하게 잘 살아 보려고 애 많이 썼단다……."

아빠 입에서 행복이라는 말이 나왔다. 갑자기 행복이라는 말이 마치 처음 들어 보는 말처럼 무척이나 낯설었다. 행복, 행복이 이렇게 말로 할 수 있는 말이던가?

행복은……, 닭튀김 한 조각에도 묻어 있고, 행복은……, 자장면 한 그릇에도 담겨 있었다. 굳이 말로 하지 않더라도 행복은 저절로 아는 것. 그러나 아빠는 지금 행복이라고 말했다. 이제 말로나마 행복을 느껴야 할 정도로 초라해져서 그런 말을 한 걸까?

아빠는 뭔가 말을 더 하려다 말고 중도막을 냈다.

순동이가 예전 버릇대로 숟가락으로 밥을 흐트러뜨리다 말고 아빠를 쳐다보았다.

"아빠, 엄마 꼬까 입고 갔다가? 응, 응, 맞다가?"

아빠는 아무 말 없이 소주잔만 손에 쥐고 만지작거리다가 겨우 대꾸했다.

"그래, 순동아. 엄마 꼬까 입고 어야 갔지? 순동이가 누나랑 사이좋게 놀면 엄마 금방 온대. 알았지?"

"응, 맞다가, 맞다가."

아빠가 소주잔을 내려놓으며 말했다.

"순지야, 고생이 되더라도 조금만 참고 지내자. 며칠 지나면 학교도 다시 가게 해 주고 순동이 맡길 곳도 찾아보마."

그러고 보니 아빠는 오늘 따라 낯선 말들을 많이 쓰는 것 같았다. 학교라니? 학교라는 말이 왜 그렇게 낯설지?

가만 생각해 보니 학교에 나가지 않은 지도 벌써 두 달이 다 된 것 같다.

저녁을 먹은 뒤 아빠는 물통을 들고 물을 길어 날랐다. 집에 수도 시설이 되어 있지 않아서 주인집 뒤란에 있는 우물에 가서 펌프로 물을 길어 와야 했다.

아빠가 길어다 준 물로 저녁 먹은 뒷설거지를 했다. 부엌이라고 따로 있지도 않아서 처마 밑에 부엌 살림을 올망졸망 늘어놓은 게 낯설고 어설펐다.

설거지통에 빈 그릇을 쓸어 담고 수세미질을 했다.

수세미질을 하다 보니 설거지통 옆에 놓인 물통에 반달이 떠 있었다.

"어!"

물통에 뜬 반달과 똑같은 반달이 하늘에 하나 더 떠 있었다. 그리고 자잘한 별들이 까만 밤하늘에 수도 없이 빽빽하게 박힌 채 빛나고 있었다.

아! 저 별들. 엄마도 하늘로 올라가 별이 되었을까? 엄마가 별이 되었다면, 저 수많은 별 가운데에 엄마별도 있을 텐데, 하는 생각이 이어졌다. 나는 잠시 어느 별이 엄마 별일까 하고 쳐다본 뒤 서둘러 설거지를 마쳤다.

물통 속의 반달은 물통의 물을 마지막 헹굼물로 쓰기 위해 따라 낼 때까지 떠 있다 사라졌다.

설거지를 마치고 방에 들어가자 아까 아빠가 학교 얘기를 해서 그런지 순동이가 내 책가방을 끌러 책과 공책 따위를 잔뜩 늘어놓은 채 뭐라고 중얼거리며 놀고 있었다.

"누우야, 하꼬 갔다가?"

"그래, 누나 학교에 다시 다닐 수 있을 거야."

순동이는 내 가방을 어깨에 메고 학교에 가는 시늉을 했다.

엄마의 죽음 이후 학교 생각은 해 볼 겨를도 없을 정도로 나는 정신이 없었다. 그런데 순동이가 펼쳐 놓은 책을 보자 나도 모르게 왈칵 눈물이 쏟아지려 했다.

아빠는 벽에 기대어 무슨 생각에 잠긴 듯 눈을 감고 있었다.

나는 늘 하던 대로 이부자리를 깔았다.

"아빠, 누워서 자요."

아빠는 아무 말 없이 쓰러지듯 자리에 누웠다.

불을 끄고 자리에 눕자 쥐 죽은 듯한 고요를 뚫고 어디선가 귀뚜라미 소리가 들려왔다. 서울 집에서도 늘 들리던 귀뚜라미 울음소리였다. 거기 살던 귀뚜라미들이 여기까지 따라온 것은 아닐 테지만 나는 귀뚜라미 울음소리가 반가웠다. 서울 집보다 더 조용해서 그런지 귀뚜라미 울음소리가 더욱 크게 들렸다.

귀뚜라미는 무슨 일로 저렇게 울어 댈까? 그래도 다행이었다. 낯선 이 집에 전혀 낯설지 않은, 귀에 익은 소리를 내는 귀뚜라미가 살고 있다는 사실이.

그새 아빠는 잠이 들어 코를 골았다. 아빠의 코 고는 소리를 듣자, 한바탕 난리를 치르고 나서도 코를 골며 잠을 잘 자던 아빠의 예전 모습이 떠올랐다.

나는 언제 잠이 든지 모르게 스르르 잠이 들었다.

다음 날 아침에 일어나 보니 아빠는 벌써 나가고 없었다.

머리맡에 아빠가 차린 밥상이 놓여 있고, 밥상을 덮은 신문지 위에 메모 종이가 있었다. 눈을 비비며 메모 종이를 펼쳤다.

순지야, 동생이랑 아침 먹고 잘 놀고 있어라. 아빠 일 나갔다 올게.

전혀 뜻밖이었다. 아빠가 밥상을 차리고 메모까지 남겨 놓다니. 더군다나 아빠가 일을 나갔다니! 얼마 만인가. 아빠가 일을 다시 하게 된 것이!

방이 동향이어서 아침 해가 방 안 가득 들어왔다. 순동이가 깨기를 기다리며 다시 자리에 누웠다.

밥상을 차려 놓고 말 한마디 하지 않고 앉아 있던 엄마 생각이 났다. 엄마는 왜 그렇게 말이 없어져 버렸을까? 사람이 머리를 다치면 그렇게 되는 걸까? 다른 일은 다 정상적으로 하면서도 말만은 한마디도 하지 않던 엄마.

나는 문득 밥상을 엄마가 차려 놓은 것이라는 생각이 들었다. 엄마의 손때가 묻은 밥상에 옛날 그대로인 밥그릇들. 그 자리에 엄마만 빠졌다. 밥그릇들은 자기들 자리에 그대로 있는데, 정작 엄마는 엄마 자리에 없다.

아침을 먹고 나서 순동이를 데리고 집 앞으로 나갔다. 마을 아이들 몇이서 재잘대며 학교에 가는 모습이 보였다. 재잘대는 아이들의 목소리만큼이나 맑고 엷은 아침 햇살이 아이들이 멘 가방의 어깨끈 조임쇠에 떨어져 반짝였다.

가을 아침의 마알간 햇살만큼이나 구김없는 아이들의 재잘거림. 나는 아이들을 물끄러미 쳐다보았다. 어쩌면 나도 며칠 있으면 저 아이들처럼 학교에 가게 될지도 모른다는 생각이 들었다.

그러나 고개를 저었다. 내가 학교에 가면 순동이는 누구랑 놀아야 할지 걱정이 되었다. 순동이 때문에 학교 다니기가 어려울지 모르겠다는 생각이 들었다. 아무래도 나는 저 아이들과는 좀 다른 운명을 타고난 것 같았다. 그렇다면 포기해야지, 하는 생각이 들었다. 그깟 학교가 지금 문제인가.

그러나 아이들 가방의 어깨끈 조임쇠에 떨어져 반짝이던 햇살은 그날 하루 내내 머릿속에서 지워지지 않았다.

밀린 빨래를 하면서도, 순동이와 놀아 주면서도, 책가방 속에서 책을 꺼냈다 넣었다 하면서도 계속 아이들 가방의 어깨끈 위에 떨어져 반짝이던 햇살을 생각했다. 맑고 눈이 부실 정도로 마알갛게 반짝이던 그 햇살. 그건 가을 아침의 눈부신 슬픔을 머금고 있었다.

축사집으로 이사 온 뒤 얼마 지나지 않아 새 학교로 전학을 했다. 그러나 학교엔 며칠 나가지 못했다. 아직 어린 순동이를 맡길 곳이 마땅치 않았기 때문이다.

이사 온 뒤 처음 며칠은 아예 학교에 갈 생각일랑 하지 않고 순동이를 돌보면서 새로운 생활에 적응하려고 애를 썼다. 그러던 어느 날, 마을에 가내 공장이 있어 그곳에 가면 일하는 엄마를 따라온 아이들이 하루 종일 마당에서 논다는 사실을 알게 되었다. 그래서 나는 그곳에 순동이를 데려다 주고 학교에 갔다.

"순동아, 여기서 다른 친구들하고 조금만 놀고 있어. 누나 얼른 학교에 갔다 올게."

"응, 누우야, 하꼬 갔다가."

순동이는 늘 그렇듯이 떼를 쓰지 않고 잘 떨어졌다. 내키지는 않았지만 나는 순동이를 떼어 놓고 학교에 갔다. 그러나 몸은 학교에 있어도 마음은 순동이한테 가 있었다.

수업을 마치자마자 앞뒤 돌아볼 새도 없이 헐레벌떡 달려와 보면 순동이는 흙투성이가 되어 있거나, 코피가 나서 얼굴에 피가 말라붙어 있기 일쑤였다.

청소 당번이어서 다른 때보다 더 늦게 돌아온 날이었다. 그런데 순동이가 보이지 않았다.

가내 공장 주변을 샅샅이 뒤져도 순동이가 보이지 않아 아이들을 붙잡고 순동이의 행방을 물었다. 그러나 순동이의 행방을 아는 아이는 없었다. 아이들은 한결같이 순동이가 조금 전까지만 해도 자기들하고 같이 놀았다는 대답만 했다.

급히 집으로 뛰어갔다. 그러나 집에도 순동이는 없었다. 방문 앞에 가방을 냅다 팽개치듯 던져 놓은 뒤 다시 집 밖으로 나왔다.

"순동아! 순동아! 어디 있니?"

아무리 불러도 순동이는 나타나지 않았다. 가슴이 덜컥했다. 마땅히 가 있을 만한 곳이 떠오르지 않았다. 나는 거의 울상이 되어 마을을 뛰어다니며 순동이를 불렀다. 그때 마을 앞 큰길 가에 비닐 천막을 씌운 포장마차 수레가 눈에 들어왔다. 포장마차는 지난밤에 장사를 마친 뒤 끌고 들어와 세워 둔 그대로인 것 같았다. 그런데 포장마차의 휘장이 가지런하게 묶여 있지 않고 풀어져서 너풀거렸다.

'혹시 저 안에 들어가 있을까……'

너풀거리는 포장마차의 휘장을 들치고 안을 들여다보았다. 뜻밖에도 순동이가 있었다. 그곳엔 순동이 말고도 한 사람이 더 있었다. 때에 절은 헌털뱅이 옷을 여러 겹 두텁게 껴입은 사내였다. 한눈에 보아도 동냥치가 틀림없었다. 나는 순동이를 보자마자 반가운 마음이 앞서 그 사내를 의식하지 않고 큰 소리로 말했다.

"아니, 순동아! 너 여기서 뭐 하고 있어?"

"누우야, 맛난 것 있다가."

순동이는 포장마차의 화덕 주변에 떨어져 있는 튀김 부스러기를 주워 먹고 있었다.

"누가 이런 것 주워 먹으라고 했어?"

눈물이 핑 도는 걸 애써 참으며 순동이를 왈칵 껴안았다.

"누우야, 배 아야다가."

순동이가 배고프다는 뜻으로 자기 배를 가리키며 말했다. 순동이가 허기져 있으리라는 걸 모르는 바는 아니었지만 아이를 찾았다는 안도감에 소리부터 질렀다.

"누나 올 때까지는 아이들하고 같이 놀고 있으라고 그랬잖아! 근데 너 혼자 돌아다니면 어디 가서 찾아!"

바로 그 순간이었다. 그때까지 잠자코 튀김 부스러기를 주워 먹고 있던 동냥치 사내가 갑자기 뒤에서 나를 와락 껴안았다. 너무나도 순식간에 일어난 일이라 나는 순동이에게서 떨어지며 옴짝달싹할 수가 없었다. 무섬증이 확 들어 소리를 지르려 했지만 웬일인지 소리가 나오지 않았다.

사내는 나를 꽉 껴안은 자세로 '흐흐흐' 하고 웃었다. 웃음소리가 섬뜩했다. 나는 정신을 가다듬고 어떻게 해서든 그에게서 벗어나기 위해 젖 먹던 힘까지 보태서 그의 손을 뿌리쳤다. 안간힘을 쓰자 어느 순간 사내가 뒤로 휘청하는가 싶더니 포장마차가 잠깐 흔들렸다. 그 틈을 타서 놀란 나머지 눈만 크게 뜨고 있는 순동이 손을 잡고 뒤도 돌아보지 않고 마구 뛰었다.

"순동아, 빨리!"

한참을 뛰고 나서야 숨을 고르느라 발걸음을 늦췄다. 사내는 쫓아오지 않았다. 순동이가 근심스런 표정을 지었다.

"누우야, 무서워가."
"그러니까 아무 데나 함부로 돌아다니지 마."
"누우야는 하꼬 갔다가?"
"응, 누나 학교 갔다 왔어. 어서 집에 가자. 누나가 맛있는 거 만들어 줄게."

집에 간들 맛있는 게 뭐 있겠는가. 그렇지만 나는 어느새 어른들이 아이들을 달랠 때 하는 말을 나도 모르게 하고 있었다.

말을 하다 보니 그제야 가슴뼈가 으스러지는 것처럼 아팠다. 눈물이 핑 돌았다. 하지만 도망칠 수 있어서 그나마 다행이라는 생각이 들어 애써 눈물을 참았다. 하마터면 큰일 날 뻔했다.

엄마의 자리

> 간짓대 닿지 않는
> 홍시 하나 위태로이 달려 꼭지 야위다
> 실핏줄 쩍쩍 보타지는 가슴 찬서리 맞으며
> 제 살점 쪼아먹으러 오라고, 어서 오라고
> 껍질 갈라서 물컹거리는 발간 속살 보이다
>
> 김영산 · 〈까치밥〉

집 가까이 가서야 나는 순동이 손을 놓았다. 축사 뒤쪽 전봇대보다 키가 더 큰 미루나무 꼭대기에 집을 짓고 사는 까치네 식구가 우리 남매를 내려다보며 지저귀었다. 나는 그때서야 초겨울의 차가운 기운이 뺨 위에 스치는 것을 느꼈다.

그날 이후 순동이는 곧잘 어디론가 사라져 버렸다. 그래서 학교에 가 있어도 마음이 늘 불안했다.

겨울 방학이 며칠 남지 않았을 무렵해선 너무나 추워서 순동이를 가내 공장 마당에 두고 학교에 갈 수도 없었다. 이미 밖에 나와서 노는 아이들은 하나도 없었다.

순동이를 어떻게 할까 하고 여러 가지로 궁리해 보았지만 별 신통한 생각이 떠오르지 않았다. 아무리 생각해 봐도 순동이가 가 있을 만한 곳은 없었다. 그렇다면 다른 방법이 없었다. 겨울 방학도 며칠 남지 않았으니 방학할 때까지만 순동이를 학교에 데리고 가는 수밖에.

나는 순동이를 학교에 데리고 가서 교실 밖 복도에 가만히 앉아 있게 했다.

그러나 겨울이라 복도는 너무나 추웠다. 순동이는 채 10분도 되지 않아 나를 찾아 교실 문을 열고 때 절은 얼굴을 들이밀었다.

"누우야, 집에 가자가."

반 아이들이 순동이를 쳐다보며 일제히 웃음을 터뜨렸다.

"쟤 누구니? 꼭 팥쥐 동생같이 생겼다."

"얘, 팥쥐한테 동생이 어디 있어?"

"그래, 맞아. 그럼 꼭 땅구멍 파다 나온 두더지같이 생겼다."

"우하하하!"

"히히히히!"

아이들은 책상을 두들기며 떠들어 댔다.

나는 아무 말 없이 순동이 손을 잡아끌고 내 자리로 데려왔다. 그때 수업 시작 종이 울렸다. 어떻게 할까, 잠시 망설였다. 그러나 망설임도 잠시, 선생님이 교실 문을 열고 들어왔다. 하는 수 없이 순동이를 안아서 무릎에 앉혔다.

한 아이가 일어나 큰 소리로 외쳤다.

"선생님! 오늘 우리 반에 새로 전학 온 사람이 있어요."

그 말에 아이들이 와 하고 박수를 치며 웃었다.

"그게 무슨 소리야? 선생님도 모르게 전학을 올 수 있니?"

"예!"

아이들이 기다렸다는 듯이 한꺼번에 소리를 지르며 내 자리에 눈길을 모았다.

선생님은 그때서야 상황을 눈치 챘다. 그러나 뜻밖에도 웃음부터 터뜨리며 말했다.

"하하하! 우리나라 최연소 중학생이 우리 반에 들어왔구나. 순지 동생이니?"

"……."

나는 대답은커녕 고개조차 들 수 없었다.

다행히도 선생님은 아무렇지도 않은 듯한 표정과 말투로 아이들을 조용히 시키고 출석을 부른 뒤 첫 수업을 시작했다.

그런데 선생님이 칠판에 글씨를 쓰려고 등을 돌리자 순동이가 내 무릎에서 내려와 발을 동동거리며 졸랐다.

"누우야, 쉬, 쉬, 쉬가."

아이들은 그 소리에 다시 박수를 치고 책상을 두들기면서 웃어 댔다.

선생님이 나를 돌아보며 부드럽게 말했다.

"순지야, 동생 쉬 좀 뉘어 주지."

얼굴이 화끈 달아올랐다. 내가 가방에서 빈 우유곽을 꺼내 들고 순동이를 데리고 교실 밖으로 나가자 선생님도 같이 따라 나왔다.

"순지야, 동생 쉬 누고 나면 교무실에다 데려다 주고 와. 아니다, 나랑 같이 가자."

순동이가 오줌을 누고 나자 선생님은 나와 순동이를 교무실로 데려갔다.

선생님은 책상 서랍을 뒤져 과자 봉지 하나를 꺼내 순동이 손에 쥐어 주고 내 등을 도닥이며 말했다.

"순지야, 집 사정은 아빠한테 들어서 대강 알고 있다. 동생을 맡길 데가 없었던 모양이구나. 방학이 며칠 남지 않았으니까 그때까진 동생도 같이 데리고 와. 동생은 교무실에서 놀게 하면 되니까."

선생님이 말하는 동안 나는 고개를 들지 못했다.

말을 마친 선생님은 자리에서 일어나 교감 선생님 책상 앞으로 갔다.

서류를 정리하고 있던 교감 선생님은 쓰고 있던 안경을 벗어 손에 들고 담임 선생님의 얘기를 들었다. 담임 선생님이 우리 남매에 대해 열심히 얘기를 했다. 교감 선생님은 담임 선생님의 얘기를 듣는 중간 중간에 힐끔힐끔 우리 쪽을 쳐다보며 이맛살을 찡그렸다.

얘기를 마친 담임 선생님이 나에게 다가와 말했다.

"순지야, 교감 선생님께서 네 동생이 며칠 동안 교무실에서 노는 걸 허락하셨다. 넌 쉬는 시간마다 와서 동생 쉬 뉘는 것만 잊지 않도록 해라."

담임 선생님에게 고맙다는 인사말을 하고 싶었지만 입 안에서만 맴돌아 끝내 아무 말도 못하고 말았다.

전에 다니던 학교의 담임 선생님도 따뜻하게 대해 주어서 지금까지도 늘 생각이 난다. 다행히 새 학교 담임 선생님도 무척 따뜻한 분이었다.

그러나 방학을 이틀 앞두고서 나는 학교에 나가는 걸 포기하고 말았다. 교무실에 순동이를 맡긴 지 사흘째 되던 날 순동이가 교무실에서 나대며 돌아다니다 말썽을 일으켰기 때문이다. 순동이가 교감 선생님 책상 위에 놓여 있던 난초 화분을 깨뜨려서 담임 선생님이 교감 선생님께 야단을 맞았다. 그 광경을 보고 나자 차마 순동이를 교무실에 맡길 수가 없었다.

내가 학교에 나가지 않아도 겨울 방학은 연기되는 일 없이 제 날짜에 시작되었다.

"방학 동안은 걱정 없겠다."

학교에서 아이들이 즐거운 마음으로 종업식을 할 시간쯤, 나는 축사 뒤의 미루나무 꼭대기에 사는 까치네 식구들의 조잘거림을 들으며 집에서 순동이와 겨울 방학을 시작했다.

방학 동안 나는 무엇보다도 순동이를 돌보는 일에 신경을 많이 썼다.

아빠는 다행히도 술을 예전처럼 많이 마시지 않고, 술을 마셔도 술주정을 하지 않았다. 게다가 그사이에 일자리가 나서 많진 않지만 월급도 다시 받아 오기 시작했다.

저녁내 방문을 두들겨 대던 바람 소리가 잠잠해지는가 싶더니 아빠의 발자국 소리가 들렸다.

아빠가 적당히 기분 좋을 만큼 취해 들어왔다. 손엔 웬 꾸러미도 들려 있었다.

아빠가 꾸러미를 내밀었다. 내가 머뭇거리며 물었다.

"아빠, 이게 뭐예요?"

"응, 너희들 선물이다. 어서 끌러 봐라."

포장지를 풀자 조그만 장난감 자동차와 털목도리가 나왔다. 순동이와 나를 번갈아 보며 아빠가 말했다.

"자동차는 순동이 거고, 털목도리는 순지 거다. 그리고 순지야, 이 집에서 조금만 더 고생하자. 새 일터에서 자리가 좀 잡히면 반지하라도 제대로 된 집으로 이사 갈 수 있을 거다. 그리고 순동이 봐 줄 사람도……."

아빠가 말꼬리를 흐렸다. 나는 아빠가 흐린 뒷말엔 신경을 쓰지 못했다. 나도 모르게 눈물이 핑 돌았기 때문이다.

"어? 순지야, 너 왜 갑자기 눈물을 흘리고 그래. 엄마 생각 그만 하라고 했잖아."

아빠는 담뱃갑에서 담배 한 대를 꺼내 입에 물고 아무 말 없이 밖으로 나갔다. 순동이는 그저 기분이 좋아 장난감 자동차를 몰며 방 안을 돌았다.

나 때문에 아빠 속이 불편해졌을 거라 생각하니 마음이 편치 않았다. 나는 빨간색 털목도리를 손으로 만지작거리면서 속으로 다짐했다. 앞으로 다시는 아빠 앞에서, 아니 모든 사람 앞에서 절대로 눈물을 보이지 않겠다고. 울 일이 있으면 모아 두었다가 아무도 보지 않는 데 가서 한꺼번에 울겠다고 다짐, 또 다짐했다. 잠은 잘수록 오고 울음은 울수록 서러워진다고 하지 않던가. 덜 서러워지기 위해선 그나마 눈물이라도 덜 흘려야 할 것 같았다.

순동이가 혼자 잘 노는 것 같아서 나도 소리 나지 않게 방문을 살며시 열고 밖으로 나갔다.

겨울 하늘이라서 그런지 하늘에 별들이 더욱 탱탱하게 박혀 있는 것 같았다. 미루나무 쪽을 쳐다보았다. 까치네 식구도 잠이 들었는지 조용했다. 모든 것이 침묵 속으로 빨려 들어 움직이지 않는 풍경이 되어 있었다. 엄마가 살았을 때 늘 느끼던, 움직이지 않는 그림 같은 풍경들. 낯익은 것이긴 하지만 내 스스로도 껴안을 수는 없던 풍경들, 그 풍경들과 비슷한 느낌을 주는 풍경 하나가, 움직임 없이 멈춰 있는 것 같은 풍경 하나가 지금 눈앞에 또 있었다.

아빠가 혹시 가까운 곳에서 담배를 피우고 있나 싶어서 집 둘레를 둘러봐도 아빠는 보이지 않았다.

찬 기운이 사물사물 스며드는 순간 몸이 바르르 떨렸다. 서둘러 방으로 들어갔다.

순동이는 장난감 자동차가 그렇게도 좋은지 잠을 자면서도 자동차를 가슴에 꼭 품고 잤다.

평소대로 아빠 이부자리를 깔아 놓고 순동이 옆에 웅크리고 누웠다. 그새 잠이 든 순동이가 가늘고 보드라운 숨소리를 일정한 간격으로 냈다. 세상에서 가장 편안한 소리였다.

순동이의 고른 숨소리를 잠깐 놓치면서 깜빡 잠이 들었는가 싶었을 때쯤 해서 아빠가 들어왔다. 아빠에게선 술 냄새가, 기분 좋을 정도가 아니라 엄마를 못살게 굴 때 나던 술 냄새가, 코를 찌를 정도로 났다.

이불을 잡아당겨 눈 밑까지 덮고 아빠를 조심스레 살펴보았다. 아빠는 벽에 기대어 한숨만 푹푹 쉬고 있었다. 아빠의 한숨 소리에 순동이의 고른 숨소리가 묻혀 버렸다.

이럴 때 엄마는 얼마나 불안했을까? 나는 내가 엄마 대신 그 자리에 누워 있는 듯한 착각이 들었다.

만약에 아빠가 소리를 지르면 어떻게 할까? 그보다 아빠가 손찌검이라도 하기 시작하면 어떡할까? 나도 엄마처럼 순동이를 끌어안은 채 아무런 대꾸도 하지 말고 가만히 있어야 할까?

지금 이 순간, 아무도 나에겐 힘이 되어 주지 못한다. 오직 아빠의 처분만을 기다리는 수밖에 없다. 엄마가 견뎌야 했던 그 시간들, 그 막막한 시간들이 떠올랐다. 그땐 친딸인 나도 엄마에게 아무런 도움을 주지 못했다. 엄마는 오직 혼자서 그 시간들을 감당해야 했다. 아무도 돌보지 않은 엄마의 시간들. 아, 얼마나 외로웠을까? 엄마는 그 외로움을 견디느라 말도 하지 않고 막막한 침묵의 시간들을 차곡차곡 포개다가 더 이상 포개지 못하게 되자 모든 걸 무너뜨려 버린 건 아닐까? 더 이상 포갤 수 없는 시간들. 엄마는 그 시간의 벽에 갇혀 몸부림치다가 그만 모든 것을 한순간에 날려 버린 게 아닐까?

'엄마, 엄마······.'

눈앞에 엄마 모습이 어른거리는 것 같았다. 엄마 대신 내가 감당해야 하는 엄마의 자리가 자꾸 버겁게 느껴졌다.

걱정과는 달리 아빠는 아무런 소리도 지르지 않고, 손찌검도 하지 않았다.

아빠는 한숨을 크게 한 번 내쉰 뒤 곧장 자리에 쓰러지듯 눕더니 이내 코를 골며 잠이 들었다.

아, 이렇게 무사히 넘어가는구나. 아빠가 완전히 잠든 것을 확인한 뒤 아빠의 잠자리를 다시 정리했다. 아빠 밑에 깔린 이불을 끌어당겨서 덮어 주고, 양말을 벗겼다.

양말을 문 가까운 구석에 던져 놓고 다시 자리에 돌아와 이불을 뒤집어쓰고 잠을 청했다. 이대로 모든 것이, 모든 시간이 멈춰 버렸으면 좋겠다는 생각을 하며 잠 속으로 빠져 들었다.

얼마나 잤을까. 뜬금없이 남녀의 신음 소리 같은 것이 들려와 고개를 두리번거렸다. 그 소리는 웃통을 벗은 아빠와 젖가슴을 다 드러낸 여자가 한데 엉겨 구르면서 내는 소리였다. 여자는 엄마인 것 같기도 하고 아닌 것 같기도 했다. 서울의 단칸 셋방에 살 때 자다가 오줌이 마렵거나 목이 말라 눈을 뜨면 아빠와 엄마는 가끔씩 그런 모습으로 부둥켜안은 채 자고 있었다. 그땐 아직 어려서 그런 모습을 보고도 별다른 생각이 없었다.

그런데 자세히 보니 엄마가 아니었다. 뒷모습, 특히 벗은 어깨선이 엄마와 달랐다.

부스럭거리는 소리에 눈을 떴다. 아빠가 벌써 자리에서 일어나 일 나갈 준비를 하고 있었다. 아빠는 벗은 몸이 아니었다. 나는 '후유' 하고 안심스런 소리를 냈다. 꿈치곤 망측한 꿈이라는 생각이 들었다. 아빠는 내 쪽을 쳐다보지도 않은 채 말했다.

"더 자거라. 날 새려면 아직 멀었다."

"아빠, 괜찮아요?"

"응, 뭐가?"

"엊저녁에 술 많이……."

"……."

아빠는 아무 말 없이 허리를 굽혀 방문을 나간 뒤 어두운 새벽 속으로 사라졌다.

새벽 어둠 속으로 사라지는 아빠의 뒷모습을 한참 바라보다 연탄불이 괜찮은지 아궁이를 한번 살펴보고 방으로 들어갔다.

장난감 자동차는 순동이의 품에서 떨어져 나와 저만치 가 있었다. 나는 자동차를 집어서 순동이 가슴에 안겨 주었다. 순동이가 입맛을 쩝쩝 다시며 돌아눕는 바람에 자동차가 가슴에서 굴러 떨어졌다. 자동차를 순동이 품에 다시 안겨 준 뒤 순동이 곁에 누웠다.

까치 울음소리에 다시 잠을 깼을 때는 날이 환하게 밝아 있었다.

밖으로 나와 아침 준비를 했다. 물통 뚜껑을 열자 물이 꽁꽁 얼어 있었다. 연탄 아궁이 위에 얹어 놓은 솥에서 뜨거운 물을 한 바가지 퍼 와 물통 위에 부었다. 뜨거운 물이 들어가자 물통에 들러붙어 있던 얼음이 움직이기 시작했다. 얼음덩어리를 들어내서 설거지통에 옮겨 놓았다.

아침은 엊저녁에 먹다 남은 찬밥을 뜨거운 물에 말아서 대충 먹었다. 어젯밤 일로 오늘 아침은 미처 준비하지 못했기 때문이다.

　일찍 일어나 아빠에게 라면 국물이라도 끓여 줘야 했는데 그러지 못한 게 아쉬웠다.

　'속이 비면 훨씬 더 추위를 탄다는데…….'

　날씨도 춥고, 또 마땅히 나갈 곳도 없고 해서 나는 순동이와 하루 종일 방 안에서 놀았다. 방 안에 있어도 미루나무에 사는 까치네 식구들 재잘거리는 소리는 다 들려왔다. 순동이가 까치 소리를 듣고 말했다.

　"누우야, 따치가, 따치, 따치."

　"따치가 아니고 까치."

　"빠치가 아니고 와치?"

　"까, 치! 까치라니까. 누나 따라서 해 봐, 이렇게 입을 벌리고 까, 치!"

　"야, 치!"

　"에이, 안 되겠다. 나중에 더 크면 잘할 수 있겠지?"

　"응, 누우야, 나 빠빵."

　순동이는 오직 자동차에 정신이 팔려 있어서 결국은 '까치'가 '빠빵'으로 끝나고 말았다.

별똥별

> 어디를 가든 출발하기 전과 다름이 없다. 나는 도착과 동시에 제자리로 되돌아와버리는 지병이 있다. 언제나 똑같은 자리로 환원되는 떠남. 가고 오는 것이 그저 한가지인 길고도 오랜 生.
>
> 이영진 · 〈망명지〉

해가 바뀌어 겨울이 한창 깊어 갔다. 추운 겨울날 길바닥에 나앉지 않고 이렇게나마 살 수 있다는 게 다행이었다.

막 점심을 먹고 났을 때였다. 까치네 식구들의 재잘거리는 소리가 잠깐 잦아드는가 싶더니 밖에서 나를 부르는 낯선 아주머니 목소리가 들렸다.

"순지야! 순지야!"

나는 누굴까 생각하며 방문을 열었다.

"순지 맞니?"

"예, 그런데요……. 누구세요?"

"응, 난 너희 아빠랑 잘 아는 사람이야."

"우리 아빠랑요?"

그때 순동이가 기다렸다는 듯이 장난감 자동차를 내보이며 자랑을 했다.
"아빠가 빠빵 샀다가."
아주머니가 순동이를 보며 말했다.
"너, 몇 살?"
"빠빵!"
순동이는 자동차 말곤 아무것에도 관심이 없었다.
"몇 살이냐니까 빠빵이야?"
아주머니는 방문을 활짝 열어 방 안을 훑어본 뒤 중얼거리듯 혼자 말했다.
"어휴, 냄새! 이런 데서 어떻게 살지?"
아주머니는 호들갑스럽게 코를 감싸 쥐었다.
나는 아주머니의 행동을 그저 바라보기만 했다.
돼지 키우던 축사를 개조해서 만든 방이라 냄새가 조금 배어 있긴 하지만 호들갑 떨 정도는 아니었다.
"참! 순지 너, 목도리 마음에 들던?"
이게 무슨 소릴까? 낯선 아주머니가 갑자기 목도리 얘기를 한다. 그렇다면 이 아주머니가 목도리를 선물했단 말인가?
내 마음을 읽기라도 했는지 아주머니는 괜히 멋쩍은 듯 어색한 웃음을 지어 보인 뒤 바삐 사라졌다.
'누굴까?'
아무리 기억의 창고를 뒤져 봐도 한 번도 본 적이 없는 아주머니였다.

'엄마 친군가? 우리랑 친척인가?'

저녁에 아빠가 들어왔을 때 나는 낮에 있었던 일을 아빠에게 자세히 이야기했다. 얘기를 다 듣고 난 아빠가 짐짓 지나가는 말투로 말했다.

"순지야, 그 아줌마 맘에 들던?"

그 아주머니는 목도리가 마음에 들더냐고 물었는데 아빠는 그 아주머니가 마음에 들더냐고 물었다.

"잘 모르겠어요. 그 아줌마 누군데요?"

"차차 알게 된다."

"엄마 친구예요? 친척이에요?"

"아무것도 아니야."

"아무것도 아닌데 우리 집엔 뭐 하러 왔어요?"

"응, 아빠한테 볼일이 좀 있어서."

아빠는 더 이상 나와 말대거리를 하지 않으려는 듯 바짓가랑이를 올리고 씻으러 나가 버렸다.

뭔가 불안한 느낌이 들었다. 미적지근한 아빠의 대답이, 그리고 씻으러 나가는 아빠의 뒷모습이 불안해 보였다. 아빠의 뒷모습은 여전히 위태롭다. 언제쯤 되어야 아빠의 뒷모습이 위태로워 보이지 않게 될까? 그런 날이 오기나 할까? 엄마가 세상을 뜨기 전에 거의 매일 느꼈던 조마조마함이었다.

왜일까? 지금 이렇게 사는 것도 다행이라고 느꼈는데 이것도 우리 처지엔 복에 겨운 것일까? 왠지 아빠가 무언가를 숨기고 있는 것 같은 느낌을 지울 수 없었다. 게다가 그런 느낌이 드는 내가 무서웠다. 그리고 정작 중요한 일을 지나가는 말투로 얼버무려 버리는 아빠의 태도가 무서웠다.

사실 낮에 온 아주머니는 맘에 안 들었다. 빨간 물이 든 긴 손톱, 본래의 얼굴 바닥이 짐작되지 않을 정도로 짙은 화장, 그리고 몸통이 들어가도 넉넉할 만큼 통이 넓은 바지. 나에겐 너무나 낯선, 엄마의 수수했던 모습과는 전혀 다른 차림새였다.

아무래도 그 아주머니와 아빠는 내가 이해하기 힘든 일을 꾸미고 있는 것만 같았다. 혹시 그 아주머니와 아빠가 좋아하는 사이가 아닐까? 좋아하는 사이? 픽 웃음이 나왔다. 어이없는 웃음이다. 애써 부정하고 싶은.

나는 그 아주머니에 대한 생각을 떠올리지 않으려고 애썼다. 하지만 그러면 그럴수록 그 아주머니는 얼마 전 꿈에 아빠랑 벗은 몸으로 나타났던 여자와 비슷해졌다. 시간이 지날수록 나는 꿈속에서 본 여자가 엄마가 아니고 그 아주머니라고 단정 지었다. 그래서 그 아주머니의 뒷모습 가운데 어깨선을 꿈속에서 본 어깨선과 비교해 보려고 그 아주머니의 윗옷을 머릿속에서 한 겹 한 겹 모두 벗겨 내느라 애썼다. 그러다가 망측한 생각이 들어 그만두었다. 그러나 꿈을 생각하면 그 아주머니가 떠올랐고, 마침내 아빠의 상대역은 당연히 그 아주머니가 되고 말았다.

불안한 마음이 쉽게 가시지 않고 며칠 내내 계속되는가 싶었는데 마침내 아빠가 술을 마시고 들어왔다. 나는 가슴을 쓸어내리며 아빠에게 조심스럽게 물었다.

"아빠, 저녁은요?"

나는 밥상을 덮어 놓은 신문지를 치우며 아빠를 곁눈질로 쳐다보았다.

"응, 아빤 먹고 왔어. 너희들이나 먹어라."

"우리도 먹었어요. 아까 순동이가 배고프다고 해서."

얼른 거기까지 단숨에 말해 버렸다. 머뭇거리기라도 하면 아빠의 태도가 어떻게 바뀔지 모른다는 불안감이 들었다.

하지만 나는 밥을 먹지 않았다. 언제나 그랬듯이 아빠가 들어오면 같이 먹기 위해서였다. 그런데 요 전날 아주머니가 다녀간 뒤 아빠가 나를 슬슬 피하는 느낌이 들었는데, 오늘은 술까지 마시고 와서 나를 무척 불안하게 한다. 당연히 밥맛도 싹 달아나 버렸다. 그래서 밥을 먹었다고 해 버린 것이다.

"참, 순지야, 아빠랑 잠깐 얘기 좀 하자."

밖으로 내가려고 들고 있던 밥상을 다시 바닥에 내려놓고 아빠 앞에 앉았다.

아빠가 뜻밖에도 내 손을 잡았다. 따뜻했다. 술기운이 손까지 퍼져 있어 그런지 아빠의 손은 찬 바람 맞은 흔적 없이 따뜻했다. 아빠가 내 이름을 새삼스럽게 또 부르며 차분하게 말했다.

"순지야, 엄마가 없으니까 네가 고생이 많은 줄 안다."

무슨 얘기를 하려는 걸까? 나는 아빠의 말을 듣자 더욱 불안해졌다.

짧은 생각들이 머릿속을 지나가는 동안 아빠가 내 이름을 다시 말머리에 붙이며 말을 계속했다.

"순지야, 이제 방학도 다 끝나 가잖아. 개학하면 너도 학교에 가야 하는데 순동이 때문에……."

그 대목에서 아빠는 잠깐 말을 멈췄다. 순간 나는 심장이 콱 멎는 듯했다. 엄마를 저세상에 보내느라 엄마의 뼛가루를 강물에 뿌릴 때도 이처럼 숨이 막히지는 않았다.

나도 모르게 소리를 질렀다.

"안 돼요, 아빠! 나, 학교 같은 건 안 다녀도 좋으니까 순동이 고아원에 보내면 안 돼요."

아빠가 순간 멈칫하는 것 같았다.

나는 아빠 팔에 매달리며 사정하듯 말했다.

"아빠 아빠, 난 이대로 살아도 좋아요. 제발 순동이 고아원에 보내면 안 돼요. 그까짓 학교 좀 안 다니면 어때요? 아빠, 우리 세 식구 계속 이대로 같이 살아요. 네?"

아빠의 얼굴에 당황스런 빛이 잠깐 스쳤다.

"아빠 말은, 순동이를 고아원에 보내겠다는 게 아니고, 너도 학교에 다닐 수 있게 순동이를 돌봐 줄 새엄마를 들이면 어떨까 하고……."

아빠는 그 말을 하면서 몇 번을 더듬거렸는지 모른다.

"새엄마요?"

심장이 멎는 느낌 대신 망치로 머리를 한 대 얻어맞은 느낌이었다.

새엄마라니? 아빠는 내가 그동안 불안해했던 대로 새로운 일을 계획하고 있었던 모양이었다.

"응, 저번에 집에 왔다 간 아줌마 말이야. 그 아줌마보고 너희를 좀 돌봐 주었으면 좋겠다고 했어."

그 말을 듣자 그동안 내가 불안해했던 게 현실로 드러나는 것 같아 이번엔 가슴이 마구 뛰었다.

"며칠 있으면 방학도 끝나는데 너도 학교에 가야 되잖아. 그래서 말인데 며칠 안으로 그 아줌마랑 합치기로 했다."

아빠 말이 그냥 술주정이었으면 좋겠다고 생각했다.

아빠는 더 이상 아무 말도 하지 않고 자리에 드러누웠다. 나는 그제야 밥상을 들고 밖으로 나왔다.

순동이를 얼러 잠자리에 눕게 했다. 장난감 자동차를 손에 쥔 순동이는 자리에 눕자 얼마 안 되어 가슴에 자동차를 얹은 채 잠이 들었다. 아빠도 곧바로 잠을 청하는 성싶어 나도 불을 끈 뒤 자리에 누웠다.

베개를 반듯이 하고 어두운 천장을 바라보았다. 그러자 곧바로 지난번에 왔던 아주머니의 붉고 긴 손톱과 짙은 화장 냄새, 통 넓은 바지가 자꾸 눈앞에 어른거렸다. 그 낯선 아주머니가 새엄마가 된다니.

나는 괜히 저세상에 있는 엄마에게 미안한 생각이 들었다. 엄마가 세상을 뜬 지 얼마나 되었다고 아빠는 벌써 새엄마를 맞을 생각을 할까. 물론 순동이를 돌봐 주는 사람이 있어야 나도 학교에 갈 수 있다. 하지만 그까짓 학교 좀 안 다니면 어때서.

'지금 이대로가 좋은데. 아빠가 옛날처럼 술만 마시지 않는다면 이대로가 좋은데……'

잠이 오지 않아 다시 자리에서 일어났다.

아빠는 그새 코를 골기 시작했고, 아빠가 거칠게 내쉬는 콧소리 사이사이에 순동이가 가지런하게 내쉬는 숨소리가 스며들었다. 어둠 속에서도 순동이 가슴 위에 얹혀 있는 자동차가 어렴풋이 보였다.

나는 앉은걸음으로 문 쪽으로 가 살짝이 방문을 열고 밖으로 나왔다.

별똥별 하나가 긴 꼬리를 그리며 하늘 저편으로 사라져 갔다. 혹시 저 별똥별이 엄마별 아니었을까? 새엄마가 들어온다는 사실에 충격을 받아 하늘에서 떨어지는 건 아닐까? 엄마도 이 사실을 알면 얼마나 가슴이 아플까?

별똥별이 사라진 쪽을 한참 동안 쳐다본 뒤 방으로 들어가 다시 자리에 누웠다. 이 생각 저 생각에 뒤척이며 애써 잠을 청했지만 쉽게 잠들지 못하고 꿈만 꾸었다. 꿈을 깰 때마다 엄마 목소리가 귀에서 웅웅거렸다.

새엄마를 들이기로 했다는 아빠의 일방적인 선언이 있은 지 겨우 일주일 뒤, 우리는 옆 마을에 있는 낡은 연립 주택 반지하방으로 이사를 갔다. 새엄마 될 아주머니가 축사집에선 못 살겠다고 한 모양이었다.

반지하집은 축사집과는 비교할 수 없을 정도로 좋은 곳이었다. 우선 방도 두 개고, 상수도는 안 들어오지만 지하수에 모터 펌프가 달려 있어서 일부러 먼 곳까지 물을 길러 갈 필요도 없었다. 부엌까지 연결된 수도꼭지만 틀면 바로 물이 나와 수돗물이 나오는 거나 마찬가지였다.

아빠한테 무슨 돈이 있어서 이런 곳으로 이사를 왔는지 궁금했지만 아빠는 자세히 얘기하지 않았다. 나는 어쩌면 아빠가 몇 달치 품삯을 미리 받았는지 모른다고 생각했다. 하지만 아빠가 새 일터에 들어간 지 얼마나 되었다고 품삯을 미리 주겠는가. 일한 날이 손으로 꼽을 만큼 많지 않은데. 그래서 그건 아니라고 고개를 저었다.

그런데 내 생각과는 달리 아빠는 품삯을 미리 당겨 받았다. 그 대신 일당을 다른 사람에 비해 절반으로 쳐서 일하기로 계약했다.

나로선 새로 이사 간 집이 좋지만은 않았다. 생활이야 전보다 편리해지고 학교에도 나갈 수 있겠지만, 이처럼 갑자기 모든 것을 서둘러 대는 아빠와 새엄마의 행동이 어쩐지 위태롭게 보였기 때문이다.

새엄마는 아빠가 옛날에 일하던 가구 공장 근처에 있는 '실비 식당'에서 만난 사람이었다. 원래 다방에서 주방 일을 보았는데 나이가 들면서 밥집 일을 하게 되었다고 한다.

아빠가 얘기는 하지 않았지만, 내 짐작에 새엄마는 결혼에 실패한 뒤 자식도 없이 혼자서 여러 해를 산 것 같았다.

난 아빠와 새엄마가 어떻게 해서 좋아지내게 되었는지는 전혀 모른다. 알고 싶지도 않았다. 아빠도 나에게 그런 이야기는 자세히 하고 싶지 않은 모양이었다.

이사 가기 전날 밤 아빠는 나에게 이런 말만 했을 뿐이다. 그러나 진짜 하고 싶은 말은 빼놓고 하는 듯했다.

"순지 너도 크면 언젠가는 아빠를 이해하게 될 거다. 어른들

세계는 너희들이 생각하는 것보다 훨씬 복잡하단다."
 그 말을 들으면서 나는 생각하고 다짐했다.
 '그런 건 어른이 되어서도 이해하고 싶지 않아요. 그리고 어른들 세계가 그렇게 복잡한 거라면 그깟 어른 되고 싶지도 않아요. 난 이대로 살고 싶다구요!'
 마음이 자꾸만 뒤틀리는 느낌이 들었다. 그러나 내가 왜 그러는지 알 수 없었다.

이래 봬도 옛날엔

> 가을볕이다
> 가슴속
> 한 마리 하얀 짐승이 있어
> 고개를 내밀고
> 막막한 가을 햇볕 속을 바라본다
> 김진경·〈한 마리 짐승이 있어〉

 이사를 가자마자 아빠는 실비댁, 아니 새엄마의 눈을 피해 내게 말했다.
 "얼른 엄마라고 불러라. 그래야 빨리 정이 들어 새엄마도 너를 좋아하게 되지."
 아빠의 다그침과는 달리 엄마라는 말이 쉽게 나오지 않았다.
 순동이는 엄마라는 소리를 곧잘 했다. 그러나 내가 엄마 소리를 하지 않아서 그런지 새엄마는 아무것도 아닌 일 가지고도 노골적으로 불만을 드러냈다.
 "넌 누굴 닮아서 고집이 그렇게 세니?"
 "……."
 예나 지금이나 나는 내가 고집이 세다는 생각을 해 본 적이 없었다. 그래서 밑도 끝도 없는 새엄마의 잔소리엔 신경을 쓰지 않았다.

그런데 문제는 아빠였다. 아빠는 도대체 누구 편인지 알 수가 없었다.

아빠는 새엄마가 보이지 않는 틈을 타 기회 있을 때마다 나를 달래다 윽박지르다 했다.

"아빠가 누구 때문에 새엄마를 들인 줄 아냐? 다 너희들 때문이다. 특히 순지 네가 고생하는 게 안쓰러워서 새엄마를 들인 건데, 네가 새엄마한테 살갑게 굴기는커녕 엄마라고 부르지도 않으면 아빠는 어떡하냐? 네가 새엄마한테 정을 못 붙이고 계속 못마땅하게 굴면 그땐 너랑 순동이를 고아원에 보내는 수밖에 없다. 고아원에 가고 싶지 않으면 얼른 엄마라고 불러라!"

"예? 고아원이라고요?"

고아원이라니? 아빠 말에 나는 깜짝 놀랐다. 어떻게 아빠 입에서 고아원이라는 소리가 그렇게 쉽게 나올 수 있는 걸까? 아빠는 우리 남매를 귀찮게 생각하는 걸까? 아, 그렇지만 무슨 일이 있더라도 고아원만은 절대로 가고 싶지 않다.

그래서 나는 마침내 결단을 내렸다. 그까짓 호칭이 무슨 대수냐. 엄마라고 부르자.

그렇게 결심한 날 저녁 나는 작은방에서 잠든 순동이를 가슴에 꼭 껴안고 속으로 울었다.

밤하늘에서 길게 꼬리를 그리며 떨어지던 별똥별이 떠올랐다. 한번 떨어진 별똥별은 다시는 하늘로 올라가지 못하리라. 엄마,

엄마 미안해. 이젠 실비댁을 엄마라고 불러야 해. 나는 별똥별을 생각하며, 또 엄마를 생각하며 이를 악물었다.

그 순간 큰방에서 새엄마와 아빠가 다투는 소리가 들렸다. 아무래도 나 때문에 싸우는 것 같았다. 내일이면 개학인데 다시 학교에 갈 수 있기나 할는지 몰랐다.

아침에 일어나 보니 밥이 끓는 냄새가 집 안에 가득했다. 그런데 밥 끓는 냄새가 예전처럼 구수하지 않고 갑자기 낯설게 느껴졌다. 옛날에 엄마가 안치던 밥과 내가 안치던 밥에서 나는 냄새가 아닌 것만 같았다.

새엄마는 부엌에서 반찬을 만들고 있었다. 나는 엊저녁에 잘 때 단단히 결심한 대로 엄마라고 부르기로 하고 조심스레 새엄마 등 뒤로 다가섰다.

'근데, 무슨 핑계를 붙여서 먼저 말을 걸지?'

쑥스럽고 어색한 시간이었다. 그러나 지금 부르지 않으면 영영 못 부를 것 같아 숨을 크게 들이마신 뒤 아랫배에 힘을 주고 입을 열었다.

"엄마, 아빠는요?"

얼떨결에 나온 소리가 겨우 "엄마, 아빠는요?"였다.

새엄마가 뒤를 돌아보았다. 얼굴 표정이 복잡했다. 어색해 보이기도 했고, 무표정해 보이기도 했고, 당황해 보이는 것 같기도 했다. 물론 이런 생각은 모두 내가 보기에 그렇다는 것이다.

나는 한 번 더 용기를 내 천연덕스럽게 '엄마'라는 말을 앞세우며 다시 말을 붙였다.

"엄마, 아빠 일 나갔어요?"

그때 나는 보고 말았다. 새엄마의 입 꼬리에 잠깐 머물다 사라지는, 피식거리는 듯한 웃음.

새엄마는 하던 일을 마치고 나서야 대답했다.

"왜 아침부터 아빠를 찾고 그래? 빨리 학교 갈 준비나 해!"

신경질적인 새엄마의 말투에 나는 당황했다. 그러나 끝까지 고분고분하기로 마음먹었다.

"예, 알았어요, 엄마."

이렇게 해서 엄마라는 소리를 연거푸 세 번이나 했다.

아빠는 일을 나가지 않고 방에 있었다. 아직 자리에서 일어나지 않은 것 같았다.

아빠한테 들어가 볼까 하다가 멈칫했다. 이제 아빠한테는 새엄마 허락이 있어야 다가갈 수 있을 것 같은 생각이 들었다. 내가 왜 이런 생각을 할까? 나는 내가 너무 지나치게 민감하게 반응하는 것이 아닌가 생각했다. 그러나 나는 끝내 아빠가 있는 큰방을 들여다보지 않았다.

아침을 먹는 동안 네 식구 가운데 말을 하는 사람은 오로지 순동이뿐이었다. 모두들 밥 먹는 일을 원수 대하듯 아무 말 없이 숟가락질만 해 댔다.

"빠빵, 엄마 빠빵 간다가. 엄마아아!"

순동이는 누구의 눈치도 보지 않고 되는대로 지껄였다.

보통 때 같았으면 그런 순동이한테 적당한 말대꾸를 해 주었겠지만, 오늘은 숟가락을 내려놓을 때까지 끝끝내 한마디도 하지 않았다.

무거운 침묵을 견디기 힘들어 나는 일부러 숟가락질을 재빠르게 해서 밥을 빨리 비워 내고 서둘러 밥상 앞을 벗어났다. 무거운 침묵이 주는 고통 속에서는 그렇게 하는 것만이 최선이리라.

긴 겨울 방학을 끝내고 학교에 가는 첫날이었지만 나는 별로 설레지 않았다.

학교에 가 봐야 특별히 보고 싶은 친구도 없고 공부에 그다지 흥미가 있는 것도 아니었다.

방학할 무렵 학교에 가지 않아서 담임 선생님이 동네 아이들 편에 방학 숙제 안내물을 보내 주었지만 나는 방학 숙제 같은 건 애초에 할 생각조차 하지 않았다. 순동이 돌보고 밥 짓고 설거지하기도 바쁜데다 이사하고 새엄마 들어오고 하느라 방학 끝 무렵까지 부산하게 지내야 했기 때문이다.

나는 손에 잡히는 대로 책과 공책을 집어 가방에다 적당히 쑤셔 넣고 방을 나섰다.

이제 한 번 더 엄마를 부를 일이 남아 있었다. 기왕 내친김에 엄마라는 소리를 실컷 불러 주고 싶었다. 그것도 될 수 있으면 아빠가 같이 있는 자리에서.

새엄마와 아빠는 아직 상을 물리지 않은 채 큰방에 함께 있었다. 아빠가 무언가를 조용조용 이야기하고 있었다.

나는 조심스럽게 인사를 했다.

"엄마 아빠, 학교 다녀오겠습니다."

아빠는 나를 보고 고개를 끄덕였지만 새엄마는 쳐다보지도 않왔다. 그러거나 말거나 이제 네 번째로 부른 엄마라는 소리였다.

순동이가 쪼르르 달려 나오며 내 바짓가랑이를 잡았다.

"누우야, 하꼬 갔다가?"

"응, 누나 학교 갔다 올 테니까 엄마랑 잘 놀고 있어."

나도 모르게 다섯 번째로 엄마라는 소리가 나왔다.

순동이가 순순히 떨어져 "엄마! 엄마!" 하면서 방으로 다시 들어가는 걸 보며 집을 나섰다.

막 집을 나섰을 때 옆 동에서 나온, 고등학생쯤 되어 보이는 오빠와 눈길이 마주쳤다. 그가 한쪽 눈을 찡긋했다. 난 고개를 돌렸다. 그와는 벌써 여러 번 마주쳤다. 그때마다 그는 어떤 식으로든 인사를 건네 왔다. 그러나 나는 그럴 때마다 어떻게 답례해야 될지 몰라 외면했다. 그래서 그가 고등학생인지 어쩐지 조차도 모른다. 어떻게 보면 학생인 것 같기도 했고 학생이 아닌 것 같기도 했다. 그가 교복을 입고 있는 것 같기도 했고 그렇지 않은 것도 같았다. 그만큼 그를 자세히 쳐다보지 않았다는 얘기다.

출근을 서두르는 아저씨들 몇이 연립 주택 앞길을 바삐 지나갔다. 내 발걸음도 덩달아 빨라졌다.

출근하는 아저씨들을 보자 집에 있는 아빠가 걱정스러웠다. 왜 일을 나가지 않았는지 모르겠다. 축사집에선 날이 채 밝기도 전에 나가던 아빠였는데 오늘은 아침 식사를 마치고도 나갈 준비조차 하지 않는 게 이상했다.

혹시 아빠가 또 일자리를 잃은 건 아닐까, 하는 생각이 들었다. 나는 아빠 생각을 떨치기 위해 걸음을 더욱 서둘렀다.
 학교에 가자 아이들이 저마다 방학 동안 있었던 일들을 떠드느라 정신이 없었다. 아이들과 떠들 만한 얘깃거리도 없고 해서 자리에 가만히 앉아 있기만 했다.
 아이들은 방학 동안 서울 시내에 나가서 백화점 구경 다닌 이야기며 민속촌에 갔다 온 이야기 등 그야말로 이야기가 그칠 새가 없었다. 그러나 나에겐 그런 소리가 모두 뜬구름 같은 이야기로만 들렸다. 내가 사는 세상과는 전혀 다른 세상에 사는 아이들의 모습일 뿐이었다.
 수업 시작 종이 울려 담임 선생님이 들어오자 아이들은 부산하게 자기 자리로 돌아갔다.
 선생님은 웃으면서 교실을 쫙 둘러보며 말했다.
 "여러분, 결석생 하나 없이 모두 이렇게 건강한 모습으로 다시 만나서 반가워요."
 아무래도 나를 두고 한 말 같아서 얼굴이 화끈 달아올랐다. 아이들도 그제야 내 자리를 곁눈질해 가며 날 확인하는 듯했다.
 새엄마 덕분에 개학 첫날 결석하지 않고 학교에 올 수 있었다는 생각이 들자 새엄마가 고맙게 생각되었다. 그러나 곧이어 단단히 깍지 낀 손으로 무릎을 감싸 안은 채 나를 쳐다보지도 않던 새엄마의 모습이 떠오르자 마음이 무거워졌다.
 수업 대신 대청소를 하는 것으로 개학 첫날의 학교 일과가 끝났다. 나는 서둘러 교문을 빠져 나왔다. 빨리 집에 가서 순동이를 챙겨야 한다는 생각뿐이었다.

내가 떼어놓은 발걸음을 세기나 하듯이 땅만 내려다보며 발걸음을 재촉했다. 한참 그렇게 걷다 보니 까치 소리가 귀에 들려왔다.

"어?"

깜짝 놀랐다. 나도 모르게 어느새 축사집에 와 있었다.

미루나무의 까치네 식구는 오늘도 여전히 편안한 모습으로 둥지 주변 가지에 앉아 오순도순 지저귀고 있었다.

'내가 왜 이리 왔지?'

축사집엔 벌써 다른 사람이 들어와 있는 것 같았다. 방문 앞에 놓인 신발 두 켤레, 플라스틱 통 몇 개, 그것만으로도 그곳에 사람이 들어와 살고 있다는 것을 충분히 알 수 있었다.

까치 둥지를 한 번 쳐다본 뒤 발길을 되돌렸다.

집에 도착하자, 새엄마는 보이지 않고 아빠와 순동이만 있었다. 순동이가 쪼르르 달려와 "누우야, 하꼬 갔다가." 했다. 나는 순동이 머리를 한 번 쓰다듬은 뒤 아빠에게 곧바로 물었다.

"아빠, 엄마는요?"

"응, 살림살이 몇 가지 사러 나갔다."

아침과는 달리 아빠의 표정이 많이 누그러져 있었다.

"아빠, 오늘 일 나가지 않아도 돼요?"

"응, 몸이 좀 좋지 않아서 쉬기로 했다."

그랬구나. 그런 줄도 모르고 괜한 걱정을 했구나. 나는 아침나절에 공연한 걱정을 했다고 생각했다.

셋이서 점심을 먹은 뒤 얼른 설거지를 해치웠다. 그새 새엄마가 들어와 부엌에서 마주치면 어쩐지 어색할 것 같아서였다.

아빠는 밥을 먹자마자 옷을 갈아입고 밖으로 나갔다.

"아빠, 어디 가요?"

"요 앞 버스 정류장에 좀 갔다 오마."

잠시 후 아빠는 새엄마와 같이 들어왔다.

아빠와 새엄마 손엔 올망졸망한 비닐 보따리들이 들려 있었다. 물건들은 새엄마의 화장품 몇 가지를 빼곤 주로 부엌에서 쓸 주방 용품들이었다.

새엄마는 특히 부엌살림을 중요하게 생각했다. 아무래도 식당 같은 데서 주방 일을 많이 해 왔기 때문이리라. 아무튼 새엄마는 석유 풍로 대신 가스 레인지 같은 것도 즉각 설치해서 쓰기 시작했다.

새엄마의 부엌살림 장만이 끝나자 우리 집은 겉보기엔 여느 집과 다를 바 없는 새로운 생활이 시작되었다.

아빠는 옛날과 다름없이 새벽 일찍 일을 나갔고, 나는 학교에 빠지는 일이 없게 되었다. 순동이 때문에 가슴 졸이는 일도 없어졌다.

새엄마는 음식 솜씨가 좋았다. 순동이와 내가 좋아하는 자장면도 자장국 재료와 국수를 사다가 직접 만들어 주기도 하고, 감자튀김 같은 것도 순식간에 뚝딱 만들어 주었다.

"자장면 정말 맛있어요!"

나는 새엄마랑 산 이후로 새엄마에게 처음으로 마음에서 우러나오는 말을 했다.

"그래? 그럼 같이 사는 동안 자장면이라도 실컷 먹게 해 주마."

같이 사는 동안이라니? 그렇다면 언젠가는 같이 살지 않겠다는 말인가? 나는 그 말이 몹시 거슬렸다. 그러나 애써 마음에 두지 않았다. 하지만 그날 이후 새엄마가 만들어 준 자장면을 또 먹어 보진 못했다.

새엄마의 말투가 어떻든 나 스스로 새엄마에게 적극 다가가려고 애쓴 덕분에 나는 새엄마에 대한 거리감을 차츰 덜 느끼게 되었다. 그래서 더 이상 엄마 소리를 몇 번째 하는지 세지 않아도 되었다.

새엄마는 아빠가 늦는 날이나 비 오는 날이면 혼자서 소주를 사발째 마시는 일이 많았다. 술에 취하면 새엄마는 나를 마주 앉혀 놓고 주절주절 횡설수설 술주정하는 버릇이 있었다. 수풀 속의 꿩은 개가 내몰고 뱃속의 말은 술이 내몬다더니 겪어 보니 그 말이 꼭 맞았다. 새엄마는 보통 때 같으면 절대로 드러내지 않을 자기 얘기를 술만 마시면 너무나 쉽게 드러냈다. 술만 마시면 내가 묻지도 않는 말을 마구 내뱉는 새엄마를 보면서 나는 새엄마를 이해해야 할지 미워해야 할지 몰라 잠깐씩 혼란스러움을 겪어야 했다.

"내가 말이다, 이래 봬도 옛날엔 굉장했다. 처녀 땐 서울 바닥에서 날 모르는 총각들이 없었지."

그러면서 밑도 끝도 없는 소리를 하기도 했다.

"그 애가 살았으면 순지 너만큼 컸을 텐데. 맞아! 너랑 동갑이겠다."

그런 말을 할 때 새엄마의 눈엔 눈물이 그렁그렁 고였다. 그런 모습을 보노라면 새엄마가 불쌍하고 측은했다.

새엄마의 술주정만 없었다면 새엄마의 슬픔도 몰랐을 터였다. 하지만 또 새엄마의 술주정 때문에 알게 된 새엄마의 슬픔은 나에게 그만큼 불안한 마음을 더 갖게 했다. 어디서부터 시작되는지도 모르고 끝 간 데가 어딘지도 모르게 뻗어 나가는 불안한 마음을.

짓물린 진달래꽃

> 부서진 눈동자가 흘리는 투명한 낮의 정적 속으로 두 사람이 걸어가고, 불꽃이 흘려 놓은 하늘 아래, 아이들은 원을 그리며 색종이로 된 주문을 외고 있다.
>
> 오민석 · 〈한낮에〉에서

지난 한 달 새에 나는 새엄마를 통해 걷잡을 수 없을 정도로 많은 것을 겪었다.

새엄마는 먼저 하찮은 것 가지고 트집을 잡아 험상궂은 얼굴로 나와 순동이를 닦달하곤 했다. 그런가 하면 자기 설움에 싸여 괜히 '불쌍한 것들!'이라고 중얼거리며 나와 순동이를 끌어안으며 정 많은 이웃 아줌마 같은 모습도 보여 주었다. 그야말로 난 한 달 새에 한 가닥으로 이해되지 않는 많은 일들을 겪어야 했다.

새엄마의 비위를 맞춰야 할지, 새엄마와 마주치는 걸 아예 피해야 할지 종잡을 수 없을 때마다 속이 바싹바싹 타 들어갔다.

순동이는 아직 어려서 이것저것 생각할 필요 없이 누구에게

든 되는대로 아무렇게나 굴었다. 나도 순동이처럼 아무도 의식하지 않고 마음 끌리는 대로 지낼 수 있으면 좋겠다는 생각이 들었다. 그러나 그러기엔 나는 너무 철이 들어 버린 것 같았다.

2학년에 올라와서 가장 먼저 달라진 것은 담임 선생님이 바뀌었다는 것이다. 1학년 때 담임 선생님은 남자 선생님이었는데 새 담임 선생님은 예쁘고 젊은 여자 선생님이었다.

새 담임 선생님에게선 화장품 냄새가 상큼하게 났다.

나는 아직 얼굴에 화장품이라곤 아무것도 발라 보지 않아 그 냄새가 막연히 화장품 냄새려니 할 뿐이었다. 그런데 남의 일에 관심을 갖기 시작하는 나이인 중2짜리 여자 애들은 담임 선생님이 바른 화장품의 이름까지 알아냈다.

우리 반 아이들은 모두 담임 선생님을 좋아했다. 나도 다른 아이들과 마찬가지로 선생님이 좋았다. 검고 긴 머릿결, 늘씬한 키, 상냥한 말투, 하얀 손, 매끈한 얼굴 피부, 상큼한 화장품 냄새 등 어느 것 하나 선생님을 싫어할 만한 것은 없었다. 그래서 여자 아이들은 선생님의 모습에서 자기의 미래 모습을 그려 보았으며, 남자 아이들은 선생님의 모습에서 이상하고 야릇한 기대감을 갖기 시작했다.

나도 선생님에게 가까이 다가가고 싶었다. 그러나 고개를 저었다. 선생님은 나처럼 키도 작고 머릿결도 곱지 않고 피부도 하얗지 않은 아이는 좋아하지 않을 것 같았다. 더구나 나는 얼굴은커녕 거친 손에다가도 화장품을 바를 처지가 아니라는 생각이 들자 지레 주눅이 들었다.

선생님은 출석부가 정리되자마자 가정환경을 조사한다며 반 아이들에게 이것저것 묻기 시작했다.

부모님이 모두 안 계신 사람 손들어 보세요? 부모님 가운데 아빠가 안 계신 사람? 엄마가 안 계신 사람? 아빠 직업이 공무원인 사람? 아빠가 회사 다니는 사람? 농사짓는 집? 장사하는 집? 대학 다니는 형이나 언니가 있는 집? 피아노 있는 집? 자가용 있는 집? 사는 집이 자기 집인 사람? 남의 집에 세 들어 사는 사람?

선생님은 아이들이 손을 들 때마다 손가락으로 숫자를 헤아려 교탁 위에 놓인 종이 위에 적었다.

그런데 선생님이 묻는 질문 사항 가운데 아이들이 모두 손을 들 만한 것은 별로 없었다. 아마도 이곳이 서울이라고 착각하고 그런 질문들을 하는 게 아닌가 싶었다.

나로선 새엄마 덕분에 얼마나 다행이었는지 모른다. "엄마가 안 계신 사람?" 했을 때 하마터면 나도 모르게 손을 들 뻔했는데, 새엄마를 떠올리고서 손을 들지 않아도 된다는 생각이 들었을 때의 안도감. 새삼스레 새엄마가 고맙게 느껴졌다.

새엄마 덕분에 겉으론 안정된 생활을 할 수 있었다. 하지만 그동안 학교를 너무 많이 빠져서 그런지 학교 공부는 별 흥미가 일지 않았다. 그래서 수업 내용을 절반도 알아듣기 힘들었다.

내가 수업 내용을 알아듣든 말든 시간은 흘러 학교 오가는 길 옆 산에 진달래가 한창 피는 철이 되었다. 아직 우리 집에까지 봄이 찾아온 건 아니었지만 나도 모르게 진달래 빛깔에 취해 잠시 봄을 느끼게 되었다. 내가 느끼는 봄이래야 또래 여자 애들에 비해 밋밋하기 짝이 없는 내 가슴 속을 잠시나마 분홍빛 진달래 빛깔로 채우는 것이었다.

진달래 꽃잎을 몇 장 뜯어서 입에 넣고 오물거려 보았다. 봄기운을 혀끝으로 느낄 수 있었다. 이어 가슴께가 진달래 꽃잎 빛깔로 물드는 느낌이 들었다. 축사집에 살 때 순동이를 찾으러 갔다가 빈 포장마차에서 동냥치 남자가 억세게 껴안은 뒤로, 꽤 오랜 시간이 흘렀는데도, 가끔씩 아픈 느낌이 들던 가슴께가 비로소 시원해지는 것 같기도 했다.

산에 올라 진달래 꽃잎을 따 먹느라 보통 때보다 늦게 집에 돌아가면서 나는 순동이를 다급하게 떠올렸다.

'빨리 가서 순동이랑 같이 놀아야지.'

나는 진달래꽃을 양손 가득 꺾어 들고 집으로 달렸다.

집에 가까워지자 새엄마에게 놀다 들어오는 티를 낼 필요가 없다는 생각이 들어 진달래꽃을 책가방 속에 쑤셔 넣었다.

집에 도착해 보니 문이 잠겨 있었다.

'어? 문이 잠겨 있잖아. 엄마가 어디 갔지?'

바로 그때 문 안에서 인기척이 났다. 문이 밖에서 잠겨 있는데 안에서 인기척이 나는 게 좀 이상했지만 나는 잠깐 망설인 뒤 곧바로 새엄마를 불렀다.

"엄마! 엄마!"

그러자 안에서 순동이가 울면서 나를 불렀다.

"누우야 누우야, 잉잉."

순동이는 그치지 않고 더 크게 울었다.

문을 흔들어 보았다. 집 안에 새엄마가 없는 모양이었다.

어떻게 문을 열고 들어갈까 궁리를 하면서 자물쇠통을 만져 보았다. 그런데 자세히 보니 자물쇠는 잠겨 있지 않고 걸쳐 있기만 했다. 자물쇠를 문고리에서 빼낸 뒤 문을 열었다.

"아니, 순동아!"

놀라서 말이 나오지 않았다. 순동이가 축사집에서 빨랫줄로 쓰던 끈에 몸이 묶인 채 방문고리에 매여 있었다. 마치 소나 염소가 고삐로 묶여서 말뚝에 매여 있는 것 같았다.

"누우야, 엄마가, 엄마가……."

순동이는 울먹이면서 손가락으로 문 쪽을 가리켰다. 나는 빨랫줄 끈을 서둘러 풀었다. 이윽고 끈을 다 풀자 순동이가 왈칵 안겨 들었다.

"어? 순동아, 잠깐만."

품에 안기는 순동이를 밀치듯 해서 일으켜 세웠다. 순동이 몸에서 고약한 냄새가 났던 것이다. 아니나 다를까, 바지를 까 내리자 똥과 오줌이 범벅으로 뒤엉켜 있었다.

어이가 없었다. 순동이가 빨랫줄 끈에서 벗어나려고 얼마나 몸부림쳤는지 짐작이 갔다.

나는 우선 순동이를 씻기는 일부터 했다. 미처 물을 데울 새도 없이 찬물로 아랫도리를 씻어 내렸다. 순동이는 물의 찬 기운에 움칠움칠 놀라긴 했지만 내가 하는 대로 몸을 맡기고 다섯을 때까지 얌전히 서 있었다.

"순동아, 엄마 어디 갔어?"

"엄마, 저기 가."

순동이는 손가락으로 문을 가리키기만 했다.

왜 아이를 묶어 놓고 나가야 했는지, 나는 새엄마가 이해되지 않았다. 순동이를 혼자 두고 가면 마음대로 밖에 나가 돌아다니다 집을 잃어버릴까 봐 그랬을 거라고 좋게 생각해 보았다. 하지만 그렇다면 집 안을 드나드는 문만 열지 못하게 밖에서 잠가 놔도 될 텐데 왜 그랬을까?

순동이는 이제 오줌똥을 가리고 웬만한 말은 다 알아들을 정도로 말귀도 터졌다. 집 안에 혼자 두고 가도 두세 시간 정도는 별 탈 없이 놀 수 있다. 놀다 지치면 아무 데서나 쓰러져 잠들 것이다. 새엄마도 그 정도는 알 것이다. 그런데 왜 소나 염소처럼 아이를 매어 놓고 나갔는지 알 수 없었다.

그러고 보니 새엄마가 요 며칠 사이 진한 화장을 한 채 나들이를 자주 하고, 또 말을 통 하지 않았던 게 떠올랐다. 전 같으면 충분히 잔소리하고도 남을 일도 전혀 잔소리를 하지 않았던 것이다.

큰방에 함부로 들어오지 마라, 치약은 조금만 짜서 써라, 샴푸는 아이들 쓰는 물건이 아니니 만지지도 마라, 신발을 벗었으면 가지런히 정리해라, 큰 소리로 떠들지 마라, 등등이 나에게 하는 잔소리였다. 순동이에겐 이것저것 손대지 마라, 오줌 쌀 때 바지에 오줌 방울 묻지 않게 싸라, 밥알 흐트러뜨리지 마라, 종이 찢지 마라 등 잔소리를 쉴 새 없이, 거의 녹음기를 튼 수준으로 해 댔던 것이다. 그런데 왜 요 며칠 사이엔 그런 잔소리를 통 하지 않았을까?

새엄마가 막 들어왔을 때만 해도, 학교에 갔다 오면 새엄마와 한 공간에서 지내야 한다는 건 괴로운 일이었다. 그러나 새엄마의 술 상대가 되어 준 뒤론, 아니 새엄마의 슬픔을 슬쩍 만져 본 뒤론 새엄마를 대하는 게 그렇게 어색하지도 않고 낯설지도 않았다.

다만 새엄마의 몸에 붙은, 거의 본능적으로 해 대는 잔소리를 듣는 일만은 괴로운 일이었다. 그러나 그 잔소리가 새엄마라서가 아니라 어른들이라면 충분히 할 수 있는 것들이어서 그다지 반발심은 일지 않았다. 기왕이면 그런 잔소리조차 하지 않았으면 더욱 좋을 것 같긴 했지만.

새엄마는 아침 먹은 그릇들을 그대로 쌓아 두고 외출을 했다. 나는 쌀을 씻어 밥을 안쳐 놓고 가스 레인지 위에서 밥이 끓는 동안 설거지통에 가득 쌓인 그릇들을 씻었다. 곧이어 밥솥 뚜껑이 덜커덩거리는 소리가 나고 밥이 끓는 냄새가 온 집 안을 가득 채웠다.

밥이 끓는 냄새, 오랜만에 내가 안친 밥이 끓는 냄새를 맡자 편안한 느낌이 들었다. 아마도 살림을 해 보지 않은 사람은 밥이 끓는 냄새가 주는 느낌을 잘 모를 것이다. 밥이 타지 않고 알맞게 익어 갈 때 코만이 아닌 온몸으로 맡을 수 있는 그 느낌. 언젠가 시골에 갔을 때 할머니가 김이 모락모락 나는 검은 무쇠 밥솥 아궁이에 솔가지를 집어 넣으며 한 말이 떠올랐다.

"사람은 말이여, 뱃속에다 꾸역꾸역 밥만 집어 넣는다고 살아지는 것이 아녀. 뭐니 뭐니 혀도 뱃속에 들어가기 전에 온 몸뚱이로 맡는 밥 냄시가 좋아야 식구덜 몸이 성한 법이제. 옛날 여자들은 밥은 안 먹고 밥 냄시만 맡아도 살았어. 밥 냄시가 바로 보약이여, 보약. 밥 냄시는 코로 맡는 것이 아니고 온 몸뚱이로 맡는 것이제. 그랑께 보약이 되는 것이고."

새엄마는 아빠가 먼저 돌아와 세 식구가 저녁을 먹고 있을 때에야 들어왔다. 숟가락질을 하다 말고 내가 물었다.

"엄마, 저녁은요?"

"……."

새엄마는 무언가 자기 생각에 빠져 내 말에 아무런 대꾸도 하지 않았다.

아빠가 어디 갔다 오는 길이냐고 물어도 새엄마는 전혀 말을 하지 않았다. 물론 밥 먹을 생각도 하지 않았다. 그러자 아빠가 참다 못해 약간 짜증 난 소리로 말했다.

"당신, 어디 아파요?"

아빠가 채근하듯 물어도 새엄마는 역시 아무 대답도 하지 않았다. 대답은커녕 말을 듣는 시늉조차 하지 않았다.

아빠 얼굴에 어두운 그림자가 스치는가 싶더니 이맛살을 한 번 찡그렸다. 아빠는 무심히 숟가락질을 했다. 나와 순동이도 아빠를 따라 숟가락질을 했다.

생각해 보니 나는 아침 먹고 아직까지 아무것도 먹지 않았다. 배는 무척 고픈 것 같은데 밥은 별맛이 없었다. 물론 순동이도 아직까지 아무것도 먹지 못했지만.

새엄마가 아예 부엌에 나오지도 않아서 저녁 설거지는 자연스럽게 내 몫이 되었다.

설거지를 끝내고 방에 들어가자 순동이는 벌써 곯아떨어져 있었다. 아마도 낮에 혼자서 몸부림을 몹시 친 탓이리라.

순동이를 반듯이 누이고 이불을 가지런히 덮어 주었다. 세상 모르는 저 표정, 이 눈치 저 눈치 볼 필요 없이 살 수 있는 저 나이가 부럽다. 나도 모르게 내가 너무 커 버린 것이 아닌가 하는 생각이 들었다. 어른인 새엄마의 슬픔을 나눠 가져야 할 만큼, 아니 아빠의 얼굴에 스치는 어두운 그림자를 읽어 내야 할 만큼.

순동이 옆에 누웠지만 잠이 잘 오지 않았다. 엉뚱하게도 이 세상 사람이 아닌 엄마의 모습에 이어 담임 선생님의 모습이 떠올랐다. 특히 담임 선생님의 그 긴 머릿결. 나도 머리를 기르고 싶은 생각이 들었다. 하지만 내 머리는 곱슬머리여서 선생님처럼 가지런하고 곱게 길어지지 않을 것이라는 데 생각이 미치자 금세 실망을 했다.

'린스로 머리를 헹구면 머릿결이 부드러워진다는데……'

그러나 그건 꿈이었다. 새엄마는 린스로 머리를 헹구기는커녕 샴푸에도 함부로 손을 못 대게 단속하기 때문이었다.

'엄마는 왜 저러지?'

말을 하지 않는 것과 낮에 순동이를 묶어 놓고 외출한 것과 뭔가 관련이 있는 것 같았다. 갑자기 무서운 생각이 들었다.

'혹시…….'

행여라도 순동이를 소나 염소처럼 매어 놓는 정도가 아니라 아예 천장에 매달아 놓고 외출하면 어떡하나 하는 생각이 들었다. 정육점 고기들처럼 말이다. 생각만 해도 끔찍했다.

'그럴 리 없어. 설마 그럴 리야…….'

이런저런 생각을 하다 늦게야 잠이 들었다.

날이 밝은 걸 알고 후닥닥 일어나서 방을 나가 보니 새엄마가 쌀을 씻고 있었다. 말을 붙여 볼까 말까 망설였다. 그런데 바로 그 순간 새엄마가 쌀을 씻다 말고 헛구역질을 해 댔다. 새엄마의 헛구역질, 그게 뭘 의미하는지 알 것 같았다. 이래저래 어제 일이 예사롭지 않았다. 나는 말을 붙이는 걸 그만두었다.

세수를 하고 방에 들어와 책가방을 정리하느라 가방 뚜껑을 열었더니 어제 가방에 쑤셔 넣었던 진달래꽃이 다 짓물러진 채 나왔다. 순동이에게 주려고 일부러 따 온 것을 정신이 없어 가방을 열어 보지도 않고 하룻밤을 그대로 보내고 만 것이다.

짓물러진 진달래꽃이 마치 오줌똥에 범벅으로 짓이겨진 순동이의 바지 같다는 생각이 들었다. 불그스름한 진달래꽃과 누렇다 못해 푸른빛이 돌던 순동이의 오줌똥.

다음 날 아침 등교길에 올랐을 때 나는 꾸륵꾸륵 하는 새엄마의 헛구역질 소리가 들리는 것처럼 느껴질 때마다 발을 더욱 꾹꾹 밟으며 걸었다.

수업 시간에도 새엄마의 헛구역질과 아빠의 얼굴에 스쳤던 어두운 그림자가 머릿속에서 떠나지 않았다.

담임 선생님 시간에 어제 내준 숙제 검사를 한다며 공책을 펴라고 했다. 아이들은 저마다 공책을 펼쳤다. 나는 공책을 펴지 않았다. 숙제를 해 오지 않았기 때문이다.

숙제를 하지 않은 사람은 남자 아이 둘과 나, 이렇게 셋이었다. 셋은 숙제를 해 오지 않은 벌로 30센티미터 자로 손바닥을 세 대씩 맞았다. 남자 아이 둘은 손바닥을 맞으면서 선생님에게서 나는 화장품 냄새를 맡기 위해 코를 킁킁거리며 킥킥 웃었다. 그러자 아이들이 와! 하고 웃음을 터뜨렸다.

선생님이 소리를 꽥 질렀다.

"왜들 웃어요!"

아이들이 움찔 놀라며 조용히 했다.

선생님은 '내가 클 땐 말이에요…….'라며 말을 시작했다.

"내가 클 땐 말이에요, 여러분처럼 편하게 살지 않았어요. 그런데 여러분은 너무 편하게 자라서 숙제를 내줘도 해 오지 않을 정도니 여러분 앞날이 걱정이에요. 어찌 보면 이러는 것 모두 여러분 부모님 책임이지만 말이에요."

나는 숙제를 해 오지 않은 사람이 겨우 세 명뿐인데 큰일이라도 만난 듯 장황하기 짝이 없는 선생님 말씀의 내용보다 말끝마다 '요'를 붙이는 선생님의 말투가 거슬렸다. 선생님으로서의 품위와 교양미를 애써 지키려는 듯한 그 태도가 오히려 거슬리는 까닭은 왜일까?

선생님은 학교 다닐 때 공부밖에 몰랐다고 한다. 체육만 빼놓고 모든 과목에 100점을 맞는 우등생이었다고 했다. 그런 우등생이었는데도 집에선 밥 짓는 일과 설거지를 시킨 것은 물론 자기 빨래도 스스로 하게 했다는 것이었다. 그런데도 숙제를 빼먹은 일은 학교 생활 내내 단 한 번도 없었다는 것이다.

"그렇게 했기 때문에 오늘날 선생님은 이렇게 훌륭한 모습으로 여러분 앞에 설 수 있게 된 거예요."

선생님은 스스로 자기 모습을 훌륭하다고 여기는 모양이었다. 선생님은 우리들에게 계속 '훌륭한' 자기 모습에 대해 이야기해 나갔다.

"사람은 말이에요, 뭐니 뭐니 해도 우선은 교양미가 있어야 돼요. 선생님이 여러분한테 이래라저래라 하지 않고 이래요저래요 하는 것은 여러분에게 선생님이 먼저 모범을 보이기 위해서예요. 말하자면 교양이 무엇인지를 가르쳐 주려는 거지요."

그건 맞는 말이었다. 선생님은 학생들에게 결코 반말을 하는 법이 없었다.

"다음으론 말이에요, 사람은 의지가 강해야 돼요. 밤늦게 공부를 하다 보면 졸음도 오고 몸도 피곤하지요. 그러나 공부는 강한 의지로 밀고 나가야 잘할 수 있지, 자고 싶을 때 자고 쉬고 싶을 때 쉬면 결코 잘할 수 없어요. 일단 사람은 말이에요, 뭐니 뭐니 해도 공부를 잘해야 인격이 훌륭하게 닦이는 거예요. 공부를 열심히 하지 않고선 인격도 훌륭하게 닦을 수 없어요."

아이들은 또 그 지긋지긋한 공부 얘기구나 하면서 저마다 눈을 내리깔고 선생님의 얘기를 건성으로 듣기 시작했다. 여기저기서 한숨 소리가 새어 나왔다.

그런데 선생님은 공부 얘긴 그 정도에서 그치고 곧바로 인격 이야기를 시작했다.

"인격이라고 하는 것은 어떤 사람에게서 풍겨 나오는 향기 같은 거예요. 말하자면 자기도 모르게 풍기는 자신의 향기이지요. 그걸 잘 닦기 위해선 앞에서 얘기한 대로 공부를 열심히 하고 그다음엔……."

선생님의 말소리가 점점 멀리서 들리는 느낌이었다. 인격이니 향기니 하는 말이 도무지 실감이 나지 않아서였다.

불쌍한 인생

> 촌스럽게 생긴 민들레가
> 노랗게 피어 있다
> 아이가 뒤우뚱거리다
> 하얗게 웃으며 돌아본다
>
> 강형철·〈하늘꽃〉에서

학교 끝나고 집에 돌아오자 새엄마는 어제하곤 달리 집에 있었다.

"엄마, 학교 다녀왔습니다."

새엄마는 꼼짝도 않고 방에 누워 있었고, 순동이는 놀다 지쳤는지 낮잠을 자고 있었다.

'아침에도 자고 있었는데 여태껏 자고 있네…….'

나는 속으로 중얼거리며 새엄마를 살펴보았다.

자는 것 같지는 않은데, 새엄마는 죽은 듯이 반듯하게 누워 있었다. 나는 들여다보던 방문을 소리 나지 않게 살며시 닫았다. 바로 그때 새엄마가 불렀다.

"순지야!"

나는 흠칫했다. 나지막하지만 강단진 목소리였다.

"예, 엄마."

"이리 좀 와 봐."

안방으로 들어가자 새엄마가 일어나 앉은 뒤 뜬금없는 소리를 했다.

"어제 병원에 갔었는데……."

병원? 병원이라니? 무슨 병원을 갔을까? 혹시 정신 병원? 나는 가슴이 덜컥했다. 정신 병원에 갈 정도가 아니고서야 아이를 묶어 놓고 다닐 사람이 어디 있겠는가?

이어서 엊저녁에 잠들기 전에 떠올랐던 끔찍한 생각이 다시 떠올랐다. 순동이를 아예 천장에 정육점 고기처럼 대롱대롱 매달아 놓으면 어떡하나 하는 생각. 새엄마가 정신 병원에 다닐 정도면 순동이 혼자 두면 안 되겠구나 하는 생각을 하는 순간 새엄마가 다시 말했다.

"너, 아빠가 아무 얘기 안 하던?"

어? 이건 무슨 소린가? 아빠가 나에게 따로 얘기할 게 뭐 있나? 아침에 보았던 풍경, 새엄마가 헛구역질을 하던 모습이 떠올랐다. 혹시 아빠가 내게 따로 할 말이 있다면 그것과 관련된 게 아닐까?

"어제 병원에 갔는데, 어쩌면 식구가 하나 더 늘어날 것 같다는 얘기를 들었다."

"식구가 하나 더 늘어나요?"

새엄마가 간 병원은 정신 병원이 아니라 산부인과 병원이었던 모양이다. 그렇다면 새엄마가 아이를 가졌다는 말이 틀림없다. 나는 확인하듯 다시 물었다.

"엄마, 그러면 순동이 동생이 생기는 거……."

거기까지 얘기했을 때 새엄마가 말을 잘랐다.

"왜, 싫으니?"

"아뇨, 싫기는요……."

나는 당황한 빛을 감추며 대답했다. 새엄마가 한숨을 푹 내쉬며 푸념하듯 말했다.

"나도 미쳤지, 그 알량한 약속을 믿고 새끼를 배다니. 이 꼬라지 해 가지고 새끼나 퍼질러 낳아서 어쩌자는 것인지……."

새엄마가 하는 말이 무슨 뜻인지 도무지 알 수 없었다. 알량한 약속이라니.

새엄마 얘기가 그 정도에서 그치는가 싶어 나는 안방을 물러나와 순동이를 깨웠다. 그런데 순동이가 잠에 취해 일어나질 못했다.

"얘, 순동아, 밥 먹자. 일어나! 일어나란 말이야."

순동이는 겨우 눈을 뜨더니 "누우야, 무울." 하고선 다시 고꾸라졌다. 나는 찬물을 한 잔 가져온 뒤 다시 순동이를 일으켜 세웠다. 순동이는 찬물 한 잔을 다 들이켜고서야 잠을 깼다.

"무슨 낮잠을 그렇게 많이 자? 낮잠은 적당히 자는 거야. 어서 일어나."

"누우야, 엄마가 까까 줬다."

"그래, 까까를 먹었더라도 밥은 또 먹어야 하는 거야."

새엄마는 입맛이 없다고 해서 나는 식은 밥을 퍼서 순동이랑 둘이서 먹었다.

나는 밥을 먹은 뒤 설거지를 해 놓고서 순동이를 데리고 집 밖으로 나왔다.

밝고 따스한 봄 햇살이 내리쬐고 있었다. 눈부신 봄 햇살이었다. 오그라졌던 모든 것들이 그 햇살로 인해 펴지고 늘어나는 느낌이었다. 겨울로 인해, 어둠으로 인해, 좁아짐으로 인해 오그라졌던 모든 것들이.

봄 햇살 속에 엄마의 체취도 따뜻하게 섞여 있는 것을 느꼈다. 엄마의 체취가 느껴질 때마다 순동이의 손을 더욱 꼬옥 쥐었다. 영문을 모르는 순동이가 그때마다 나를 쳐다보았다.

전엔 너른 벌판이었을 마을 앞이 이젠 집들이 야금야금 차서 논은 몇 자리 남아 있지 않았다. 이젠 머지않아 그 논 자리마저 집들이 들어차겠지 생각하면서 순동이를 데리고 마을이 잘 내려다보이는 뒷산으로 올라갔다.

"순동아, 누나랑 이렇게 밖에 나오니까 좋지?"

"응, 좋다 좋다."

순동이는 손으로 박수를 치면서 좋아라 했다.

"너도 동생 하나 있으면 좋겠어?"

"응, 좋다 좋다."

순동이는 무어든 다 '좋다 좋다' 했다.

저 멀리 차가 다니는 큰길 가에 아지랑이가 모락모락 피어올랐다. 아지랑이를 보자 갑자기 어지럼증이 일어 그 자리에 잠깐

동안 주저앉았다. 얼른 숨을 크게 들이쉬었다가 길게 내뱉으며 간신히 어지럼증을 참았다.

순동이가 걱정스러운 말투로 물었다.

"누우야, 아야 해?"

"아니, 괜찮아."

"누우야, 아야 하지 마."

"그래그래, 누나 아야 하지 않을게."

몸을 낮추어 순동이 볼에 내 볼을 대고 비볐다. 어느새 순동이가 이렇게 컸구나 하는 생각이 들었다. 멀리 아지랑이 사이로 새들이 날아다니는 것이 보였다. 눈앞이 흐릿하여 무슨 새인지는 알 수 없었다.

그날 저녁 아빠와 새엄마는 대판 싸움을 벌였다.

새엄마가 먼저 짜증투로 대거리를 시작했다.

"약속한 것 지키지 않으면 애 못 낳아!"

"차차 지킨다고 했잖아!"

"차차 지키긴 뭘 지켜? 아직 순지는 아무것도 모르던데."

"아니 당신, 순지한테 쓸데없는 소리 지껄인 거야?"

"뭐? 쓸데없는 소리? 나한텐 죽고 사는 일인데 쓸데없는 소리라구? 당신 말 다 했어?"

"허참, 당신은 말을 귀로 듣는 거야, 코로 듣는 거야? 당신 정신머리가 오락가락하는 줄은 알고 있었지만 생각보다 심하구만. 애한테 할 소리 안 할 소리 가릴 줄도 모르다니……."

바로 그 순간이 그날 싸움의 절정이었다.

"뭐야? 지금 날 정신병자 취급하는 거야? 뭐야? 정신머리가 오락가락해? 할 소리 안 할 소리 가릴 줄도 몰라? 내가 누구 때문에 이 꼴이 되었는데? 괜히 가만히 있는 사람 꼬드겨서 이 모양 만들어 놓고 뭐가 어쩌고저쩌? 진짜로 정신머리가 오락가락하는 사람은 바로 당신이라구!"

"정말 참자 참자 하니까 별소리를 다 하고 있네. 막말로 당신 뱃속에 든 새끼가 내 씨라고 어떻게 믿어!"

"뭐? 뭐야! 야, 사기꾼아! 지금 날 화냥년 취급하고 있어. 아이고 분해! 아이고 분해!"

새엄마는 화장대 위의 물건들을 다 쓸어서 집어 던지기 시작했다. 아빠는 더 대거리해 봐야 득 될 게 없다고 생각했는지 방문을 쾅 닫고 나가 버렸다.

나는 작은방에서 순동이의 귀를 양손으로 막은 채 덜덜 떨었다. '사람은 말이에요······.'라고 말을 시작하는 담임 선생님의 말대로 품위와 교양미를 조금이나마 갖추고 살 수는 없을까? 아니, 최소한 조마조마한 느낌이라도 느끼지 않고 살 순 없을까? 그런데 아빠는 무슨 약속을 지키지 않는 거고, '쓸데없는 소리'는 또 뭔가? 전혀 짐작이 되지 않았다.

아빠가 나가고 난 뒤 새엄마에게 불려 가 밤새 신세타령을 들어야 했다. 아니, 술 상대가 돼 줘야 했다. 새엄마가 혀 꼬부라진 소리를 하다 누구에게인지도 모르게 '불쌍한 인생' 하면서 자리에 쓰러질 때까지.

새엄마를 자리에 편히 뉘어 주고 나올 때까지도 아빠는 들어오지 않았다. 아빠도 누군가를 붙잡고 술타령을 하고 있을 거라는 생각이 들었다.

밖에서 들어오는 문을 잠그지 않고 이불을 머리끝까지 뒤집어쓴 채 아빠가 들어오는 소리가 들리는지 기다렸다.

그러나 끝내 문소리를 듣지 못하고 잠이 들고 말았다.

날이 지남에 따라 새엄마의 배는 눈에 띄게 불러 왔다. 새엄마의 배가 불러 올수록 싸움도 잦아졌다. 배가 불러 올수록 새엄마가 밖에 나갔다 들어오는 횟수와 짜증 내는 횟수도 잦아졌다.

아빠는 아빠대로 술 마시는 날이 많아졌다. 다시 옛날 술주정 버릇도 되살아났다.

그러나 새엄마는 친엄마와는 달리 맞으면 그대로 있지 않고 마구 대들었다. 같이 집어 던지고 물어뜯고 하는 바람에 싸움이 벌어졌다 하면 큰판이 되고 말았다.

"흥, 나를 감히 어떻게 보고 건방지게 굴어. 좀 고분고분하게 못 살아!"

아빠가 새엄마에게 거세게 발길질을 한 번 한 뒤 새엄마의 멱살을 쥐고 흔들며 소리를 질렀다. 새엄마도 아빠의 멱살을 잡으며 뒤엉켰다.

"이 더러운 인간 나금산아! 고분고분 살게 해 줘 봐. 새끼만 배면 바로 그날로 애들은 고아원에 보낸다고 해 놓고선 왜 약속을 안 지키는 거야? 약속을 지켜 봐. 그럼 고분고분하게 살 테니까!"

나는 그 대목에서 뜨악했다.

'고아원이라구? 우릴 고아원에?'

아, 그랬구나. 아빠가 했다는 약속이 그것이었구나. 아빠가 따로 내게 해야 할 말이 그것이었고, '쓸데없는 소리'가 그것이었구나 하는 생각이 들었다.

정신이 아득해지는 것 같았다. 어디론가 몸이 자꾸만 빨려 들어가는 느낌이었다. 순간 나는 내가 꿈을 꾸고 있는 거라고 생각했다. 그러나 결코 꿈이 아니었다.

아빠는 새엄마의 말에 더 이상 대꾸를 하지 못했다. 그렇다면 아빠는 그 말을 인정하는 걸까?

"내가 미쳤지, 내가 미쳤어. 놈팽이가 하는 말을 믿었던 내가 미쳤지. 무슨 부귀영화를 누리겠다고 덜컥 새끼까지 배서 이 모양 이 꼴을 하고 있나. 아이고, 억울해! 날 식모로 부리려고 한 말에 속아 넘어가다니. 흥, 내가 애를 못 가질 줄 알고 그런 소리 했지? 이 사기꾼아! 자기 새끼 배게 해 놓고도 뭐가 어쩌고 저째? 내참, 더러워서……."

새엄마가 그렇게 성깔을 부려도 아빠는 웬일인지 딱 그 순간부터는 아무 말도 하지 못했다. 지난번처럼 대놓고 '누구 씨를 밴' 거냐고 받아치지도 않았다. 그렇다면 이미 싸움은 결말이 난 거나 마찬가지였다.

새엄마는 자기 가슴팍을 쥐어박았다.

"저런 인간한테 믿을 구석이 어디 있다고 지금까지 이러고 있었는지 몰라. 진즉 뱃속의 새끼를 확 긁어내 버렸어야 되는데, 이젠 긁어내지도 못하게 되었으니, 아이고 억울해! 아이고 억울해! 사내새끼는 씨만 뿌리고 나 몰라라 하는데, 지금 내 꼴이 뭔 꼴이야. 아이고, 환장하겠네. 내가 뭣에 씌어 가지고 저런 알거지 사기꾼을 몰라보고 빼도 박도 못하게 되어 버렸는고. 아이고, 내 팔자야!"

 그날 이후 새엄마는 아빠와 싸울 때마다 "뱃속의 새끼만 퍼질러 낳고 나면 뒤도 안 돌아보고 나갈 테니 지지고 볶으며 잘 살아라." 하고 고래고래 소리를 질러 댔다.

 나는 아빠가 몹시 미워졌다. 내가 학교에 다닐 수 있게 순동이를 돌봐 주기 위해 새엄마를 들인다더니, 그게 아니고 아예 우리 남매를 고아원에 보내 버리려 했다니. 그렇지만 차마 그 사실을 믿고 싶진 않았다.

 '아냐, 그럴 리 없어. 아빠가 어떻게 그런 말을 했겠어……'

 그러나 새엄마의 그 말에 아빠가 아무 소릴 못한 걸 보면 사실인 것 같기도 했다.

 '어쩜 새엄마를 안심시키려고 그런 말을 했을 거야. 아니면 새엄마가 아이를 갖게 될 줄 모르고 그런 말을 했겠지. 어떻게든 우릴 돌보게 하려고 말이야……'

 애써 아빠를 좋게 생각하려 했지만 서운한 감정은 쉽게 지워지지 않았다.

 새엄마가 노골적으로 성깔을 부린 다음부턴 도시락을 못 싸가 점심을 굶는 일이 이제는 보통 일이 되어 버렸다. 게다가 순동이는 새엄마가 먹이는 감기약을 먹고 낮에도 늘 잠을 자야 했다. 순동이가 까까 먹었다는 날은 거의가 물약으로 된 감기약을 마신 날이었다.

새엄마는 배가 불러 오면서 자기 몸도 가누기가 귀찮아지자 그때마다 순동이를 재우려고 감기약을 까까라고 하면서 습관적으로 마시게 했다. 그러고선 순동이는 작은방에 누이고 자신은 큰방에 누워 낮 시간을 보냈다.

밖에 내보내면 혼자서 충분히 놀 수 있는 나이가 되었는데도 새엄마는 순동이가 들락거리는 것조차 귀찮았는지 재우는 편을 택하는 모양이었다.

그러나 그런 사실을 알고도 새엄마의 그런 행위를 내놓고 말릴 수도 없었다. 그랬다가 불똥이 잘못 튀어 정말로 순동이와 나를 고아원에 보내 버리면 어떡하나 하는 걱정이 들어서였다.

밤마다 순동이의 잠든 모습을 보면 속이 상했다.

순동이는 이젠 친엄마 얼굴도 잊어버리고 만날 구박만 받는 천덕꾸러기가 되어 버린 느낌이 들었다.

순동이는 내가 학교에 잘 가지 않게 된 뒤에서야 감기약을 먹지 않게 되었다.

임신하기엔 조금 많은 나이여서 그런지 새엄마에겐 임신중독증이라는 증세가 나타났다. 그래서 몸이 붓고 피곤한 탓에 아무 일도 못하고 하루 종일 누워만 있는다.

새엄마가 자리에 누워 있는 날이 많아지자 자연히 나는 학교에 가는 일보다 새엄마 대신 집안일을 하는 데 더 신경을 써야만 했다.

나는 졸린 눈을 비비며 일어나서 아침밥을 지어 아빠를 출근

시키고 새엄마가 일어났을 때 언제라도 먹을 수 있게 상을 봐 놓아야 한다. 그런 다음엔 새엄마의 속옷 빨래까지 해 놓아야 한다. 그러니 그야말로 학교엔 가고 싶어도 갈 짬이 도무지 나지 않아 가다 말다 할 수밖에 없었다.

결석이 잦아지자, 마침내 담임 선생님은 나를 아예 문제아로 분류해 놓고 닦달을 했다.

"순지, 이번 달에 결석을 벌써 열 번도 넘게 했어요. 어떻게 된 일이에요? 학교를 다닐 생각이에요, 그만둘 생각이에요?"

"……."

나는 할 말이 없어 입을 다물고만 있었다.

"순지, 학교 안 나오는 날엔 어디 가는 거예요? 좋은 말로 할 때, 선생님이 인격적으로 대할 때 대답해요."

"……."

선생님은 나만 닦달해선 아무래도 안 되겠다는 결심이 섰는지 마지막 통고 비슷하게 말했다.

"내일 학교로 부모님 모시고 와요. 그러지 않으면 선생님이 직접 집에 가서 무슨 일이 있는지 알아봐야겠어요."

"엄마가요……."

엄마가 지금 아파서 학교에 나올 수 없다는 말을 하려고 했다. 그러나 나는 더 이상 말을 잇지 못했다. 선생님이 이른 대로 내일 엄마를 모시고 오기는커녕 내가 학교에 나올 수 있을지도 모를 일이었기 때문이다.

선생님의 닦달이 있은 다음 날 점심시간이 한참 지난 때쯤이었다. 새벽부터 새엄마의 시중을 드느라 그날도 학교에 갈 엄두를 내지 못했다. 나는 잠시도 쉬지 못하고 이일 저일을 하다가 눌어붙은 솥을 닦고 있었다. 마침 새엄마는 화장실에 가느라 일어나 있었다. 바로 그때 밖에서 나를 부르는 소리가 들렸다.

"순지야! 순지야! 나순지!"

새엄마가 문 앞으로 갔다.

"계세요? 순지네 집 맞죠?"

나는 솥을 닦던 손을 멈추고 문 쪽에 귀를 기울였다. 담임 선생님 목소리였다. 새엄마가 문을 열었다.

"안녕하세요? 순지네 집 맞죠?"

"예, 맞는데요. 아가씨는 누구예요?"

새엄마는 경계심을 풀지 않고 선생님을 보고 아가씨라고 했다. 아직 처녀 선생님이니까 아가씨라는 말이 틀린 건 아니지만 내가 느끼기엔 왠지 무례한 느낌이 들었다.

"아, 예. 저는 순지 담임 선생님인데요."

"그래요? 그런데 순지 담임 선생님이 우리 집엔 갑자기 무슨 일로……."

새엄마는 만사가 귀찮다는 투로 대거리를 하고 있었다.

지금이라도 뛰쳐나갈까 하는 생각이 들었으나 그대로 있었다.

"순지가 학교에 오지 않아서요."

드디어 올 것이 왔구나 생각하며 침을 꿀꺽 삼켰다. 새엄마가 뭐라고 대꾸할지 가슴이 조마조마했다.

"뭐라고요? 순지가 학교에 가지 않았다고요? 요놈의 계집애,

학교 안 가고 어디로 샌 거야?"

 정말 나로선 미처 예상 못한 뜻밖의 대답이었다. 새엄마는 태연히 거짓말을 하고 있었다.

 그 말을 듣는 순간 심장이 멎는 듯했다. 이제야말로 뛰쳐나갈 때가 아닌가 하고 망설였다. 그러나 내가 나타나는 걸 새엄마가 원하지 않을 것 같아서 되레 주방 곁에 있는 안방 문 뒤로 살금살금 기어가 몸을 숨겼다. 계속해서 내 '죄상'을 낱낱이 밝히는 선생님의 '발표'가 이어졌다.

 "오늘만 안 나온 게 아니고 이달 들어서만도 벌써 열 번이 넘게 학교엘 안 나왔어요. 학교를 거의 하루 걸러 빠지고 있는 거예요. 순지 어머니께선 전혀 눈치를 못 채신 거예요?"

 그렇게 말하는 선생님의 얼굴 표정이 짐작되었다. 선생님은 애써 품위와 교양미를 풍기면서 자신의 인격이 상대방보다 낫다는 자세를 보이고 있을 것이다.

 새엄마는 짐짓 놀라는 말투로 대꾸를 했다.

 "열 번도 넘는다고요? 이놈의 계집애 들어오기만 해 봐라, 가만두나. 집에선 아침마다 학교에 간다고 나가고선 어디 간 거야, 세상에……."

 금방까지 아프다고, 손가락 하나 꼼짝 못하겠다며 자리에 누워 땀을 흘리며 끙끙 앓던 새엄마의 입에서 어쩌면 저렇게도 거짓말이 잘 나올까. 정말이지 능청이 열두 발이었다. 나도 모르게 한숨이 내쉬어졌으나 얼른 손으로 입을 막았다.

 선생님은 새엄마 말만 믿고 더 이상 대거리하지 않고 돌아갔다. 이제 나는 꼼짝없이 문제아가 되고 말았다.

"앞으로 순지를 잘 다스려 주시기 바랍니다. 집안에서부터 관심과 애정을 가져야 아이도 바르게 자랍니다. 학교에서만 아이들을 다스리는 데엔 한계가 있어요. 아시겠죠?"

그 말엔 새엄마도 별다른 토를 달지 않았다.

선생님은 아주 교양 있고 예의 바른 투로 인사말을 하고 구두 소리를 똑똑똑 내며 돌아갔다. 구두 소리가 내 가슴에 똑똑똑 날아와 박혔다. 멀리, 멀어지는 그 소리까지.

삼복더위

> 물먹는 소 목덜미에
> 할머니 손이 얹혀졌다.
> 이 하루도
> 함께 지냈다고,
> 서로 발잔등이 부었다고,
> 서로 적막하다고,
>
> 김종삼 · 〈묵화(墨畫)〉

  담임 선생님이 집에 다녀간 뒤로 나는 학교에서 아예 문제아로 소문이 나 버렸다. 물론 선생님은 아이들에게 내놓고 내가 문제아라고 하진 않았다. 선생님은 역시 품위 있고 교양미가 넘치는 분이어서 아이들에게 내 얘기를 제법 조심스럽게 했다.
  "여러분의 친구 순지가 나쁜 길로 빠지지 않게 우리 모두 노력하기로 해요. 순지가 학교에 나오면 따뜻하게 대해 주고 따돌리지 않아야 해요. 그래야 순지도 여러분처럼 학교에 다시 다닐 수 있는 거예요."
  그때까지도 아이들은 나를 특별나게 보지 않았다. 단지 결석이 잦은 아이 정도로 여기고 있을 뿐이었다. 그런데 선생님의 말을 듣고 나서부턴 모두들 나를 학교엔 나오지 않고 나쁜 애들과 어울려 다니는 불량 소녀가 틀림없다고 생각하게 되었다.
　나는 아이들 뒷소리 같은 건 두렵지도 않고 신경 쓰이지도 않았다. 두렵고 신경 쓰이는 건 오직 새엄마가 아이를 제대로 낳을 수 있기나 할 것인지였다. 아무래도 새엄마가 아이를 갖기엔 좀 늦은 나이이고, 더구나 임신중독증 증세까지 심하게 보이고 있기 때문이었다.
　새엄마는 봄이 가고 여름에 접어들면서부터는 몸이 부은 건 좀 가라앉았지만 고약한 말투는 가라앉지 않았다.
　"내가 요놈의 새끼 낳기만 하면 이놈의 나씨 집구석 확 뒤집어 놓고 나가 버릴 거다!"
　아이가 뱃속에서 발길질이라도 하며 노는 날이면 아이가 들을까 봐 염려스러운 말까지도 함부로 내뱉었다.
　"하이구, 고놈의 새끼 뱃속에서 잘 논다. 나씨 씨를 받아서 발길질이 아주 드세구먼."
　아빠는 일주일에 한두 번밖에 집에 들어오지 않았다. 그런데 그때마다 술을 마시고 와선 무슨 트집을 잡든 트집을 잡아 꼭 행패를 부리고서 나갔다.
　"잘한다, 잘해! 애 밴 게 무슨 벼슬이라고, 여편네 팔자 한번 늘어졌구먼."
　누워 있는 새엄마를 발로 툭 차면서 하는 소리였다. 그러면 가만있을 새엄마가 아니었다.
　"이 사기꾼아! 돈이나 내놔. 마누라 애 뱄으면 남들처럼 호강시켜 주진 못할망정 생활비는 제대로 내놔야 될 것 아냐! 근데

지 뱃속에 술은 처넣으면서 마누라 줄 돈은 없고 밖으로만 돌려고 그래! 홍, 내가 애 못 밸 줄 알고 꼬드겼지? 식모로나 부려먹을려고? 아이고 내 팔자야, 내가 너 같은 인간 안 만났으면 애를 아직도 열둘은 더 낳을 수 있다. 열둘은 더 낳을 수 있어!"

"하이고, 늙어 꼬부라져서 애 밴 게 떠들고 자랑할 거리라고 그 난리여? 애 하나 더 배면 아주 조선 팔도 구석구석 떠들고 다니면서 방 내겠구만, 방 내겠어! 누가 애부터 덜컥 가지라고 했어, 엉? 멍청한 여편네 같으니라고."

"저 사기꾼, 이제야 본색을 드러내는군, 본색을 드러내! 아이고 억울해! 아이고 내 팔자야! 재수 없는 년은 뜨물만 들이마셔도 애가 선다더니 어쩌다 내가 꼭 그짝 났을꼬! 하필이면 저런 인간의 새끼를 배서 이 고생을 한단 말이냐! 이 고생을 해! 아이고 분해, 아이고 분해!"

싸움은 늘 그런 식이었다. 두 사람 모두 한마디도 지지 않고 톡톡 내뱉었다. 두 사람이 싸우는 걸 보면 삼 년 묵은 물박달나무가 부딪치는 것처럼 딱딱거렸다. 보통 나무가 그렇게 부딪쳤으면 단박에 부러졌을 텐데 두 물박달나무는 한쪽도 부러지지 않았다. 그러다가 막판엔 차마 듣기에도 거북한, 더구나 부부라고 할 만한 사람 사이에선 도저히 나올 수 없는 개욕 쇠욕이 다나오고 나서야 싸움은 막바지에 이른다.

없는 집엔 싸움질하는 것이 가장 큰 일이라더니 그 말을 입증이라도 하듯 아빠와 새엄마는 만나기만 하면 그저 싸움질이었다. 그나마 다행인 것은 새엄마 배가 남산만해지면서부턴 아빠가 매질은 하지 않는다는 것이었다.

"힝, 자기 새끼 뱄다고 많이 봐주는구면. 어디 요전처럼 또 때려 보시지 그래? 나씨 새끼 아니라고 억지소리에 우김질하면서 때려 봐? 때려 보라니까! 왜 안 때려? 이 뱃속에 들어 있는 거 나씨 새끼 아니잖아!"

아빠는 새엄마가 그렇게 말하며 대들어도 지난번처럼 새엄마를 멍들도록 때리진 않았다. 그 대신 만 원짜리 몇 장을 방바닥에 휙 집어 던져 놓고선 방문에 이어 현관문을 부서져라 세차게 닫고 나가 버렸다.

그러면 새엄마는 아빠의 등 뒤에 대고 온갖 욕설을 퍼부어 댔다. 아빠의 뒷모습은 새엄마의 욕설이 시작되기 전에 이미 뵈지 않지만 새엄마는 오직 욕을 해야 직성이 풀리는지 당사자가 있든 없든 하고 싶은 욕을 다 퍼붓고 나서야 욕설을 멈추었다.

욕설을 어느 정도 하고 나면 새엄마는 어김없이 나를 앉혀 놓고 신세타령을 늘어놓았다.

"내가 이래 봬도 옛날엔……."

그건 이제 들은 척 만 척 하면 그만이다. 내가 뜨악해하며 들은 말은 그다음 말이었다.

"너희 애비라는 인간이 너희 친엄마하고 이혼할 테니 자기랑 같이 살자고 성화였다. 뭐, 여자가 넋이 나가 버려 나무토막 같아서 같이 살 수 없다나 어쩐다나. 그러더니 너희 엄마가 덜컥 죽어 버리자 한동안은 무슨 맘에선지 아이들에게 좋은 아빠가 되겠다는 둥 꼴같잖게 굴었지."

나는 곰곰 생각해 보았다. 아빠가 좋은 아빠가 되겠다고 했다는 말은 사실인지도 모른다. 실제로 아빠는 엄마가 죽은 뒤론 술도 지나치게 마시지 않고 집에도 일찍일찍 들어왔다.

"흥, 좋은 아빠 되겠다는 인간이 새끼들을 고아원에 보낼 테니 자기와 결혼해 달라고 졸라? 아이고 내 팔자야, 저런 등신 꾐에 넘어가다니, 아이고 내 팔자야. 내 눈구멍에 뭐가 씌어 가지고 저런 놈팽이 꾐에 넘어갔을고. 내가 늙어서 애 못 가질 줄 알고 애 배면 그날로 새끼들은 고아원에 보낸다고 꼬드겨 놓고선 막상 애 갖자마자 구박이나 하는 인간아! 내가 이래 봬도 옛날엔 한가락 한 사람인데 내 신세를 이렇게 조져 버려!"

그런 새엄마의 결론은 언제나 같았다.

"나씨 집 새끼만 퍼질러 낳고 나면, 나는 그날로 나간다. 지지든 볶든 맘대로 하고 살아라!"

그쯤해서야 새엄마의 신세타령은 끝난다. 요즘 들어선 속이 좋지 않아 술을 못 마시는 게 영 서운한 눈치였지만 술이 한 모금만 들어가도 토하기 때문에 술은 입에 대지 못했다.

여름 방학이 되자 시골에 사는 할머니가 잠깐 다니러 왔다. 새엄마가 들어왔다는데 한 번도 와 보지 못한데다 새엄마가 이젠 임신까지 했다 하니, 아무리 농사일이 바빠도 와 보지 않을 수가 없었던 것이다.

나는 할머니가 좋다. 검게 그을린 얼굴, 하얀 머리칼, 나무껍질 같은 손등. 그렇지만 나는 할머니의 모든 것이 좋다.

할머니는 어떤 일을 당하든 절대로 큰 소리를 내는 법이 없고, 상대가 누구든 남의 흉을 보거나 다른 사람을 나쁘게 말하는 법이 없었다. 항상 그 사람 처지에서 좋게 생각하고 좋은 말만 입에 올리려고 했다. 할머니는 엄마가 살아 있을 때 엄마를 보면 늘 입버릇처럼 이렇게 말했다.

"사람이라고 하는 종자는 아무리 숭이 없다고 해도 지마다 아홉 가지는 가지고 있제. 이를테면 숭 없는 사람은 없다, 이 말이제. 그라고 숭을 잡자 들믄 뭐, 며느리 발뒤꿈치가 달걀같이 생겼다고 나무라게 되고, 이웃집 새댁 다리가 하얗다고 쑥덕공론하게 되는 법이여. 그란께 넘의 말을 쉽게 하면 못쓰는 것이여. 그라고 칼로 난 상처는 낫어도 말로 난 상처는 쉽게 낫지 않는 법인께 혓바닥이란 건 함부로 놀리는 것이 아니제."

처음 본 새엄마에게도 할머니는 역시 조용조용하고 부드러운 말투로 대했다.

"악아, 해필 날까지 더운 때라서 고생이 곱절로 많았다. 진즉 와 봤어야 허는디 시에미라는 인간이 이제사 와서 미안혀. 시골 살림이라는 게 워낙 밑도 끝도 없는 일이라서……."

새엄마는 할머니를 보고도 일어나 앉을 생각조차 하지 않았다. 그러나 할머니는 그런 건 조금도 괘념치 않는 눈치였다.

"순지 애비가 욱허는 디는 있어도 워낙 풀리는 일이 없어서 그런 것이제, 본시 타고난 바탕은 착한 사람이니께 그런 줄 알고 서운한 일이 있어도 먼저 참고 이해허면서 살어야 써. 이 고비만 넘기믄 잘살 수 있을 틴께."

할머니가 무슨 소리를 하든 새엄마는 아무런 대꾸도 하지 않왔다. 그런 새엄마의 태도 때문에 더 이상 앉아 있기가 민망했던지 할머니가 마침내 자리에서 일어나면서 작별 인사를 했다.

"맘 같아선 내가 여기 며칠 묵음시로 에미 뒷바라지도 하고 했으면 좋겠는디, 요즘 농사일이 아침 다르고 저녁 달라서 난 돌아갈 틴께 몸조심해야 혀. 홀몸도 아니잖여."

할머니는 굽은 허리를 애써 펴며 새엄마의 이부자리 밑에 꼬깃꼬깃한 만 원짜리 지폐 몇 장을 쑤셔 넣었다. 삼복더위인데도 새엄마는 몸이 오슬오슬 떨리고 춥다며 요를 깔고 누워 지내는 판이었다. 새엄마는 끝내 자리에서 일어나지도 않고 할머니에게 잘 가라는 인사말도 하지 않았다.

그런데도 할머니는 싫은 내색은 조금도 하지 않고 오히려 간곡히 새엄마를 위로하고서 안방을 나왔다.

집 밖에서 할머니를 기다렸다. 밖으로 나온 할머니가 내 손을 잡으며 말했다.

"순지야, 으짜든지 새엄마 말 잘 듣고 살아야 써."

나는 대답 대신 고개를 끄덕였다.

"순지 니가 잘해야 순동이도 보고 배우는 것이여. 항상 넘의 말 안 듣게 잘하고 살아야 되야."

할머니의 눈가에 눈물이 고였다. 할머니가 고개를 뒤로 돌려 코를 씩 푸는 시늉을 하고 나서 순동이 머리를 감싸 안았다.

"아이고 내 강아지, 어린것이 불쌍하게 되아서……."

할머니는 치마를 들어 올려 고쟁이 속곳 주머니에서 오천 원짜리 한 장과 천 원짜리 한 장을 꺼내 나와 순동이에게 각각 나

쥐 주었다. 돈을 쥐어 주는 할머니의 손이 떨리는 것을 나는 어렵지 않게 느낄 수 있었다.

돈을 쥐어 준 뒤 종종걸음을 치던 할머니는 저만치 가다가 무슨 생각이 났는지 잠깐 섰다. 뒤돌아본 할머니가 나에게 다가오라는 손짓을 했다. 나는 얼른 뛰어갔다.

"순지야, 느이 아빠 요새 일 바쁘디야?"

"예."

"그래, 바쁘면 좋은 거지. 참, 아빠헌티 할무니가 빚 다 갚았으니께 걱정허지 말라고 전혀."

아마도 엄마가 사고당했을 때 빌렸던 병원 치료비를 말하는 것 같았다.

"그럼 잘들 있그라."

시골에서 새벽 첫차를 타고 나서느라 아침도 대충 때운데다 점심 요기도 하지 못한 할머니는 아들 집에 와서도 점심은커녕 물 한 모금도 얻어 마시지 못하고 왔던 길을 되짚듯이 다시 돌아갔다.

하늘 한가운데에서 내리쬐는 뜨거운 햇살이 할머니의 온몸 위로 쏟아져 내렸다. 이미 백발이 다 된 할머니가 달궈질 대로 달궈진 한여름 햇살을 견뎌 내는 건 아무래도 무리였다.

구부정한 허리, 오그라질 대로 오그라진 몸피, 할머니는 이제 더 이상 작아질 수 없을 만큼 작아져 있었다.

이 삼복더위에 할머니한테 '점심이라도 들고 가세요.'라는 말을 끝내 하지 못한 게 마음에 걸렸다. 내가 직접 밥을 차려 드릴 수 있는데도 안방에 누워 있는 새엄마의 모습이 그 말을 하지 못하게 만든 것이다.

할머니가 마을을 빠져 나가는 것을 보고도 한참이 지나서야 순동이를 데리고 집으로 들어갔다.

새엄마는 언제 누워 있었느냐 싶게 자리에서 일어나 불뚝한 배를 두 손으로 받치고선 큰방과 작은방을 왔다 갔다 했다. 부족한 운동량을 채우려고 일부러 운동 삼아 그러는 것 같았다.

새엄마를 보자 괜히 주눅이 들어 고개를 들 수조차 없었다. 내가 꼭 무슨 잘못이라도 저지른 것 같았다. 아니나 다를까 그 순간 새엄마 입에서 우리를 부르는 말이 짧고 날카롭게 튀어나왔다. 하루 종일 말 한마디 없이 자리에만 누워 있던 사람의 목소리가 아니었다.

"순지, 순동이, 둘 다 이리 와 봐!"

순동이와 나는 조심스레 새엄마 가까이 다가갔다.

새엄마는 아무 말 없이 내 앞에 손을 내밀었다. 나는 순간적으로 그게 무얼 뜻하는지를 몰라 망설였다. 그러자 앙칼진 새엄마의 목소리가 다시 귀청을 때렸다.

"내놔! 돈."

아, 그거였구나. 할머니가 용돈을 주고 가는 걸 문틈으로 훔쳐봤구나. 그렇다면 할 수 없다, 순순히 내놓는 수밖에. 나는 꼬깃꼬깃한 오천 원짜리 지폐를 새엄마 손에 넘겨줬다.

그런데 새엄마는 나만으로 그치지 않았다.

"순동이, 너도!"

그러나 웬만한 일엔 거의 반항하지 않는 순동이가 돈을 쥔 손을 등 뒤로 빼며 완강히 거부했다.

"어서 내놔! 좋은 말로 할 때."

새엄마는 순동이의 어깻죽지를 잡은 뒤 순동이 손에서 천 원짜리 지폐를 빼앗았다. 순동이가 와왕 하고 울음을 터뜨렸다.

"히잉, 돈, 까까."

순동이도 이젠 돈이 있으면 구멍가게에서 과자를 사 먹을 수 있다는 것 정도는 알고 있었다. 그동안 그럴 기회가 없어서 그렇지, 또래들이 곧잘 동전이나 지폐를 내고 과자를 사 먹는 걸 눈여겨보았다. 이미 그 정도는 알 만큼 자랐다. 나뿐만 아니라 순동이도 같이 크고 있었던 것이다. 이미 말 끝에 '가'를 붙이지 않고서도 말을 할 수 있을 정도로.

새엄마는 냄비에 물을 끓이고 봉지에 든 냉면 사리를 데치더니 비빔냉면을 만들어 혼자서 후루룩후루룩 하며 맛있게 먹었다. 자리에만 누워 있던 사람 같지 않게 식욕이 좋아 보였다.

우는 순동이를 달래서 밖으로 데리고 나갔다. 아직 해는 중천에 떠 있었다. 목덜미뿐만 아니라 가슴속까지 끈적끈적한 느낌이 들었다.

옆 동의 오빠가 어딜 나갔다 들어오다가 우릴 발견하고는 휙 하고 휘파람을 불었다. 난 아무 대꾸 없이 그의 앞을 지나갔다. 그는 한참 동안 서서 우릴 쳐다보고 있었다. 그러나 나는 결코 그와 눈을 마주치지 않았다.

소리도 없이 너무나 가볍게

눈물은 봄꽃보다 깊어 푸른 강물이 되고
강에는 수천의 풀벌레가
내 울음을 대신 울며 떠나갔지요.
흐느끼는 나의 피도 물결따라 그냥 떠나갔지요.

박정만 · 〈외로운 풀벌레〉에서

여름 방학이 지나고 2학기 개학 날이 되었다.

아침저녁으론 제법 선선한 기운이 돌고, 한낮에도 그리 덥지 않았다. 새엄마 시중에 지친데다 엊저녁에 집에 들어온 아빠가 예외 없이 한바탕 난리를 치고 새벽에 나간 뒤끝이어서 나는 학교에 갈 엄두를 내지 못했다.

그러나 다른 날은 빠지더라도 개학 날만큼은 학교에 가야 할 것 같아 조금 늦었지만 집을 나섰다.

헐레벌떡 뛰어서 교실에 들어가자 이미 대청소가 벌어져 있었다.

나는 겸연쩍어 아이들이 많이 몰려 있지 않은 교실 뒤쪽 유리창에 붙어 유리창을 닦기 시작했다.

바로 그때였다. 내가 막 유리창을 닦으려고 하는 순간, 교감 선생님이 우리 교실에 나타났다. 아이들은 교감 선생님이 청소 감독을 나온 줄 알고 더욱 열심히 하는 척했다.

교감 선생님이 담임 선생님을 찾았다. 청소 지도를 하고 있던 담임 선생님이 교감 선생님에게 갔다.

교감 선생님이 코 끝에 걸친 안경을 오른손 집게손가락으로 밀어 올리며 말했다.

"이 반에 나순지라는 학생 있어요?"

"있는데요, 교감 선생님. 순지가 무슨 잘못이라도……."

"잘못은 무슨……. 지금 교무실로 전화 왔는데 조퇴를 시켜야겠소. 순지 아버지가 병원에……."

그 순간 교실 유리창 밖에는 초가을 햇살이 빛깔도 곱게, 그리고 소리도 없이 내리쬐고 있었다.

그 햇살을 바라보는 순간, 머리가 핑 돌았다. 동시에 교감 선생님이 하는 말 가운데에 '순지 아버지가 병원에…….' 하는 소리가 머릿속에 들어와 박혔다.

언젠가 봄날에 순동이 손잡고 산에 올랐다가 아지랑이가 피어오르는 것을 보고 느꼈던 어지럼증. 그땐 그래도 쓰러지는 것만은 용케 피했는데 이번엔 피하지 못하고 교실 바닥에 쓰러지고 말았다. 쓰러지는 순간 아빠 얼굴이 눈앞에서 출렁했다.

겨우 정신을 차리고 나자, 담임 선생님과 아이들이 청소 도구를 손에 든 채 당황스런 표정으로 나를 들여다보고 있었다.

무척 긴 시간이 흐른 것 같았다. 그러나 아이들 손에 아직 청소 도구가 들려 있는 걸 보니 실제론 시간이 그리 많이 흐르지 않은 모양이었다.

"순지, 괜찮아요?"

선생님은 그 순간에도 침착한 목소리로 물었다.

"예……."

나는 겨우 모깃소리만 하게 대답을 하고 한 손으로 바닥을 짚으며 일어났다.

모두들 근심스런 표정을 짓고 있긴 했지만, 가만 보니 남을 진정으로 걱정해서 그런 것 같지는 않았다. 그저 이야기책에서나 보던 일이 눈앞에서 일어난 게 뜻밖이라는 표정들이었다.

너무 지나친 짐작이었을까? 그러나 그 순간, 내 몸에 쏟아지는 뭇 아이들의 시선은 나로 하여금 좀 더 너그럽게 생각할 여유를 주지 않았다. 나는 쓰러져 있는 거지 소녀이고 아이들은 모두 왕자나 공주가 되어 있다는 생각을 떨쳐 버릴 수 없었기 때문이다.

"순지, 놀라지 말아요. 사람이란 급할 때일수록 침착해야 하는 거예요. 선생님 말 무슨 뜻인지 알아듣겠죠?"

담인 선생님은 무슨 소리를 하려고 저렇게 뜸을 들일까? 뱃속에서 꼬르륵거리는 소리가 났다. 생각해 보니 아침도 먹지 못했다.

"순지, 교감 선생님이 그러시는데 순지 아버지가 지금 병원에 계시대요. 그러니까 지금 바로 그리 가 봐요."

담임 선생님은 말을 시작할 때마다 '순지'라는 이름을 먼저 불렀다. 하지만 선생님의 그런 말투는 다정스럽게 들리기는커녕 오히려 사무적이면서 딱딱하게 들렸다.

책가방을 둘러메고 교실을 나왔다. 선생님이 내 손에 천 원짜리 두 장을 쥐어 주며 병원 갈 때 차비로 쓰라고 했다.

방학 동안 듬성듬성 풀이 자란 운동장을 가로질러 교문 쪽으로 걸어가는 내 발걸음이 무거웠다.

'……놀라지 말아요. ……급할 때일수록 침착해야 하는 거예요.'라고 말하던 담임 선생님 목소리가 귀에서 울리다 못해 발걸음을 뗄 때마다 터벅터벅 밟히는 것 같았다.

우선 집으로 가야 했다. 집에 전화가 없어 나한테 연락을 한 것 같았다. 전에 서울 살 때 쓰던 전화는 보증금마저도 찾아 써야 할 정도로 궁색해 반납해 버렸다. 새엄마에게 먼저 아빠의 사고를 알려야 했다.

'아빠가 무슨 사고를 당했지?'

병원에 누워 있을 아빠를 생각했다. 오늘 새벽, 소리를 지르며 문을 쾅 닫고는 뒤도 안 돌아보고 집을 나가던 아빠였다. 아무래도 오늘 일어난 사고와 아빠의 요즘 행동엔 뭔가 관련이 있을 성싶었다.

집에 돌아오자 순동이가 연립 주택 뜰에서 혼자 놀다가 나를 맞았다. 방학 동안에 내가 순동이더러 앞으론 멀리 가지 말고 이곳에서만 놀아라 하면서 몇 번 다짐을 췄더니 그 뒤로는 내 말을 그대로 따랐다.

"순동아, 엄마는?"

"엄마, 코해."

물어보나 마나 한 말이었지만 나는 습관적으로 '엄마는?' 하고 들먹였다.

새엄마에게 아빠 일을 어떻게 설명해야 좋을지를 생각하면서 집 안에 들어섰다. 새엄마는 역시 안방에 누워 있었다.

"엄마, 아빠가요……."

새엄마는 들은 척도 하지 않았다. 나는 침을 한 번 꿀꺽 삼키고 나서 다시 말했다.

"아빠가 사고를 당했대요."

그제야 새엄마가 고개를 돌리며 나에게 눈길을 주었다.

"흥, 연극 그만 하라고 그래. 이젠 일하기 싫으니까 별짓을 다 하네."

"아빠가 지금 병원에……."

내가 미처 말을 다 하기도 전에 새엄마가 자리에서 벌떡 일어나며 소리를 꽥 질렀다.

"알았어! 알았으니까 나가 봐."

새엄마랑 더 대거리해 봐야 입만 아플 것 같아 안방을 물러나왔다.

순동이가 그새 계단을 쪼르르 내려오고 있었다. 나는 순동이를 떼어 놓고 마을 입구의 찻길로 뛰어갔다.

서울 가는 시외버스를 타고 가다 서울 시내버스를 갈아탄 뒤 내가 도착한 곳은 '외과'라는 간판이 커다랗게 붙은 병원이었다.

아빠는 왼손을 통째로 붕대에 감은 채 병실에 누워 있었다.

"아빠……."

아빠를 보자마자 나도 모르게 눈물이 나서 말을 잇지 못했다. 이제 아빠까지 사고가 났구나…….

우리 집에 계속 들러붙는 불행의 긴 그림자를 보는 것 같아 겁이 났다. 아무리 떼어 내려 해도 떨어지지 않는 진드기처럼 계속 붙어 있는 불행의 그림자.

아빠는 나를 보자 아무 말 없이 이마를 찡그리기만 했다.

"아빠, 많이 아파요?"

역시 아빠는 아무 대답도 하지 않았다.

나는 굳게 다문 아빠의 입과 하얀 붕대에 감긴 아빠의 왼손을 번갈아 바라만 보다가 병실을 나왔다.

병실을 나오자마자 작업복 차림을 한 아저씨가 내 곁으로 다가왔다.

"네가 순지니?"

나는 대답 대신 고개를 끄덕였다.

"네 아빠랑 같이 일하는 아저씨야. 아빠가 사고를 당했는데 어디 연락할 데가 있어야지. 그래서 학교로 한 거야."

나는 아저씨가 하는 말을 마치 남의 얘기 듣듯 했다. 나도 이미 짐작으로 다 알고 있는 것이었다.

"이럴 때일수록 맘을 단단히 먹어야 하는 거야."

어른들은 왜 모두들 같은 말을 할까? 담임 선생님도 '급할 때일수록 침착해야 하는 거예요.'라고 말하지 않았던가.

아저씨는 아빠가 어떡하다가 이 병원까지 오게 되었는가를 조용조용한 목소리로 설명해 줬다. 담배가 손가락 사이에서 타 들어가고 있는 것도 잊은 채.

"어차피 알게 될 거니까 내가 얘기해 줄게……. 그렇다고 너무 놀라진 말고, 저만해도 다행이거든. 나무를 톱에 밀어 넣으면서 잠깐 딴생각을 했는지 엄지 하나만 빼고 왼쪽 손가락 네 개가 모두 잘려 나갔다. 공사장 일이 가구 공장 일하곤 좀 다르지만 톱질을 한두 번 해 본 게 아니라서 여간해선 사고를 내지 않을 텐데……. 손가락 보존 상태가 좋지 않아서 봉합 수술도 못했어. 그래도 저만하기 다행이야. 팔목이 잘린 사람도 있거든……."

아저씨는 거기까지 말하고 침을 꿀꺽 삼켰다. 마치 자기가 사고를 당하기라도 한 것처럼 끔찍하다는 표정이었다.

아저씨의 손가락 사이에 끼여 있던 담배 끝에서 기다란 재가 툭 떨어졌다. 아빠의 손가락도 저 타고 남은 담뱃재처럼 툭 떨어져 나가 버렸을까? 소리도 없이 너무나 가볍게?

아저씨는 스스로 생각해도 어린 나에게 너무 충격적인 이야기를 들려줬다고 생각했는지, 애써 위로의 말을 남긴 뒤 슬쩍 자리를 피했다.

그런데 이런 일이 있으면 첫날만큼은 어김없이 나타나던 외삼촌이 오늘은 웬일인지 나타나지 않은 게 궁금했다.

'외삼촌하고 연락이 되지 않은 걸까?'

혼자서 병실 밖을 서성이자니 별생각이 다 떠올랐다.

병실에서 간호사가 주사기와 약솜이 담긴 쟁반을 들고 나왔다. 나는 간호사가 복도 끝을 돌아가서 보이지 않자 병실로 들어가 보았다.

병실엔 아빠 말고도 침대에 누워 있는 사람이 두 사람이나 더 있었다. 아까는 미처 다른 사람은 보지 못했다.

아빠는 진통제를 맞고 잠이 들어 있었다. 자세히 보니 붕대 겉까지 피가 배어 나와 있었다.

아빠의 오른손을 가만히 잡아 보았다. 참으로 오랜만에 만져 보는 손이었다. 따뜻했다. 언젠가 술을 마시고 온 아빠가 말을 걸기 위해 일부러 내 손을 잡았을 때처럼 다치지 않은 손은 오늘도 여전히 따뜻했다.

아빠는 잠을 자면서도 이맛살을 자주 찡그렸다. 진통제를 맞았어도 통증이 계속되는 모양이었다.

아빠의 오른손을 살며시 놓고 병실을 나왔다. 조금 전에 사고 상황을 들려준 아저씨가 다른 아저씨와 함께 다시 그곳에 와 있었다. 두 아저씨는 심각한 표정으로 얘기를 나누고 있었다.

나는 나무 의자에 앉아 두 아저씨의 이야기를 건성으로 듣기 시작했다. 의자 등받이에 붙어 있는 약품 광고 문구에 무심히 눈길을 준 채.

"나씨는 정식 직원이 아니고 하청 업체를 따라다니는 날품팔이 일꾼이어서 회사에선 별 책임이 없다는 것 같은데……."

"그것도 그렇지만, 일단은 본인 잘못으로 사고가 났기 때문에 보상금도 없을 거래."

"나씨가 요즘 좀 이상하긴 했어요. 새장가 들었다더니 집엔

통 들어가지 않고 현장에서 먹고 자고…….”

"어젠 집에 들어갔다 왔지 아마. 근데 무슨 일이 있었는지 통 말을 하지 않으니…….”

"우리도 조심해야 돼. 날품팔이 막일꾼은 몸뚱이가 재산인데 나씨 짝 나면 인생 끝장이야.”

"나씨는 가구 공장 목수 출신이라 애초에 우리가 하는 일은 힘에 부치는 일이었어. 목수면 다 같은 목순가, 뭐……. 소목이 대목 일 하기는 아무래도 무리였을 거라구. 톱질이라고 다 같은 톱질이 아니잖아. 그나저나 나씨 손 저래 가지고 이젠 뭐 해 먹고 살지?”

마지막 대목에서 나는 귀가 번쩍 뜨였다. 지금까진 사고가 났다고 해도 아빠가 다시 일할 수 없을 거라는 생각은 미처 하지 못했다.

나는 조바심이 나서 다짜고짜 따지듯 물었다.

"아저씨, 우리 아빠 이젠 목수 일 못해요?”

두 아저씨 모두 나를 돌아보며 움찔했다.

"그게 그러니까…….”

한 아저씨가 뭐라고 말하려다 그만두었다. 어색한 침묵이 흘렀다. 그 사이로 한순간 아빠랑 엄마랑 순동이랑 중국집에 가서 자장면을 맛있게 먹던 일이 떠올랐다.

행복, 행복이라는 말을 쓸 수 있다면 그럴 때 어울릴 것이다. 물론 그때라고 해서 자장면을 실컷 먹을 수 있었던 건 아니었다. 그때도 어렵고 힘든 건 마찬가지였다.

그러나 행복이라는 것은 어쩌면 조금은 덜 불행한 것, 불행이 덜 넘치는 것인지도 몰랐다. 그런 점에서 보면, 그땐 몰랐지만 그래도 그때가 행복했던 것 같다. 그렇다면 행복은 행복한 그 순간엔 잘 모르는 것인지도 모른다. 하지만 불행은 불행한 그 순간에 이미 알고 있다. 그게 행복과 불행의 차이인지도 모른다. 모르고 지나느냐, 알고 겪느냐 하는 차이.

엄마가 세상을 뜬 뒤 살던 축사집에서의 짧았던 행복도 있었다. 비록 사는 건 궁핍하고 불편했지만 그때까지만 해도 행복했다. 그런데 이젠 그만큼의 행복을 누리던 것도 사치로 받아들여야 할 것인지…….

언젠가 아빠 입에서 나온 '행복'이라는 말이 낯설다고 생각한 적이 있었는데, 이젠 그 말이 낯선 정도가 아니라 영영 다시는 쓸 수조차 없는 말 같았다. 그 짧은 순간에 나는 모든 행복의 기초가 와르르 다 무너지는 느낌을 받았다.

나도 모르게 손을 옆으로 길게 뻗어 의자 등받이의 약품 광고 딱지를 만지작거렸다. 종이 한 귀퉁이가 내 손끝에 짓물려 뜯겨 나가고 있었다. 그 순간 내 머릿속에선 행복했던 추억에 대한 기억도 같이 뜯겨 나가고 있었다. 짓물린 채 소리도 없이 너무나 가볍게. 아빠의 손가락이 잘릴 때처럼.

불행의 씨앗, 행복의 씨앗

> 우산은 비가 나리는 때에만 받는 것이 아니라 젖어 있는 마음은 언제나 우산을 받는다. 그러나 찢어진 지(紙)우산 같은 마음은 아무래도 젖어만 있다.
>
> 신동문·〈우산〉에서

하늘을 올려다보았다. 하늘은 티 하나 없이 푸르렀다. 그런 하늘을 올려다보고 있자니 푸르름이 오히려 막막함으로 다가왔다. 끝 간 데 없이 높고 넓게 펼쳐져 있는 푸른 하늘. 그러나 하늘이 푸르면 푸를수록, 하늘이 넓으면 넓을수록 내 마음은 어둡고 작아졌다. 끝을 가늠할 수 없는 막막함, 아니 떨쳐 버릴 수 없는 막막함.

아빠가 퇴원을 했다.

그러나 그게 퇴원일까?

다섯 손가락 가운데 네 개가 잘려 나가고 이젠 손가락이 하나밖에 없는 왼손.

병원 문을 나서긴 했지만, 손가락이 떨어져 나간 자리에 상처만 아물었다고 병원에서 집으로 돌아온 아빠. 병원에서만 나오면 그게 퇴원일까?

나는 아빠의 손가락만 생각하면 어지럼증이 일었다.

아빠는 하청받은 사람들 밑에서 일하는 날품팔이 목수여서 보상금도 퇴직금도 없이, 그간 미리 가불 받은 돈만큼의 노동만 면제받았다. 아빠는 작업 반장에게 애원하다시피 매달려 방 얻을 돈을 겨우 타 낸 모양이었다. 그나마 일당 품삯을 거의 절반 수준으로 깎기로 하고서.

병원비는 현장 책임자들 주선으로 건설 회사에서 인도적 견지 혹은 인간적 배려라는 그럴싸한 명분으로 대신 내 주어서 아빠는 일단 병원에선 자유의 몸이 되었다.

그러나 아빠는 목수 일과 병원에선 풀려났지만 가족으로부터, 특히 새엄마로부터는 자유롭지 못했다.

아빠가 병원에서 집으로 돌아오던 날도 새엄마는 꼼짝하지 않고 누워 일어나지 않았다. 배가 부풀 대로 부풀어 몸놀림이 둔하긴 해도 사람을 맞을 땐 최소한 일어나 앉을 수는 있을 텐데 새엄마는 결코 그렇게 하지 않았다.

아빠는 큰방에 들어가자마자 오른손으로 방바닥부터 짚어 보더니 얼굴을 찡그렸다.

연탄 살 돈이 없어 늦가을의 찬 기운이 방바닥에서 올라와도 방을 데우지 못했다. 그래서 새엄마는 이불을 있는 대로 꺼내 깔고 덮고선 하루 종일 누워 있는 게 일이었다.

아빠가 먼저 입을 열었다. 오랜만에 들어 보는 부드러운 말투었다.

"여보, 미안하오."

그러나, 마치 기다리기라도 했다는 듯이, 그동안 닫혀 있던 새엄마의 입이 터졌다.

"미안한 줄 아는 사람이 그래, 애 밴 마누라가 이런 꼴로 누워 있는데 그 행색을 하고 집구석엘 들어와?"

"누구는 이 꼴로 들어오고 싶었겠소?"

"흥, 아주 꼴 잘됐수다. 일하기 싫은 터에 아예 손가락을 잘라 내 버렸으니 얼마나 좋겠수."

"……."

"당신이 같이 살자고 할 때 호강은 바라지도 않았어. 근데 생활비를 제대로 들여놓기를 했어, 약속을 지키기나 했어, 따뜻한 말 한마디 건네 보길 했어? 당신은 사기꾼 중에서도 악질 사기꾼이야!"

아빠가 참다 못해 소리를 버럭 질렀다.

"뭐라고? 무슨 말을 그렇게 함부로 해! 내가 당신이 원하는 대로 못해 준 건 사실이야. 하지만 누군 그러고 싶어서 그랬어? 살다 보니 어쩌다 그렇게 된 거 아냐!"

"내참, 어이가 없어서. 자기 입으로 찰떡같이 한 약속도 지키지 않으면서 뭐가 그렇게 당당해?"

"당당하지 못할 게 뭐 있어! 내가 뭘 잘못했다고. 당신이 너무 성급하게 구는 바람에 이렇게 된 거지."

"성급하게 굴어? 이젠 별소리 다 듣겠네. 내가 미쳤지 미쳤어.

저런 인간을 믿고······."

"흥, 당신 미친 줄 이제야 알았어? 당신 때문에 이젠 나까지 미쳐 버리겠어!"

"아이구, 저런 사기꾼! 내가 뭣에 홀려서 저런 인간을 따라왔을고. 차라리 뺑끼쟁이 홀아비만 따라갔어도 최소한 요 모양 요 꼴은 되진 않았을 건데. 아이고, 미쳐!"

"그 얘긴 왜 꺼내는 거야! 지금이라도 늦지 않았으니까 김씨 따라가! 김씨 아직 홀아비야! 지금 당신이 찾아가면 아주 반길걸. 허참, 누군 자기가 예뻐서 데리고 사는 줄 알아?"

"데리고 살아? 당신이 뭘 해 줬다고 그런 말이 나와? 그리고 나가라 안 해도 이놈의 새끼만 퍼질러 낳으면 바로 그날로 나갈 테니까 염려 놓으슈. 누군 좋아서 이러고 있는 줄 알아? 착각하지 마. 당신한텐 진즉 정 다 떨어졌으니까."

아빠와 새엄마의 싸움은 아빠가 중간에 대거리를 그만두고 문을 쾅 닫고 나가자 겨우 끝났다.

새엄마는 손가락이 네 개씩이나 잘리고 들어온 아빠에게 고양이 죽은 데 쥐 눈물만큼의 동정심도 보이지 않았다.

그렇게 집을 나간 아빠는 밤이 깊어서야 들어왔다.

몸도 성치 않은 아빠가 집에 들어오지 않으면 어쩌나 걱정했는데 밤늦게라도 들어온 게 다행이었다.

손가락 네 개가 없어졌다는 현실은 아빠로 하여금 밖으로 돌 수도 없게 한 모양이었다. 그래서 아빠는 결국 새엄마로부터 자유롭지 못한 사람이 되고 말았다.

손가락 네 개 때문에 아빠는 술도 마시지 않았다. 아마 술 마실 돈도 없는지 몰랐다.

쌀통 바닥을 박박 긁어 아빠가 먹을 밥을 안치려 했으나 아빠가 말려서 그만두었다.

"밥 하지 마라. 밥 안 먹어도 된다. 이 마당에 밥 먹는다고 그게 살로 가기나 하겠니?"

"그래도……."

아빠가 강하게 말리는 바람에 밥을 짓지는 않았지만, 밥을 짓지 않는 내 마음은 더욱 괴로웠다.

아빠는 새엄마가 큰방 문을 안에서 걸어 잠근 채 열어 주지 않아 작은방에서 우리 남매와 같이 잤다.

얼마 만인가? 이렇게 세 식구가 한 잠자리에서 누워 잠을 자게 된 것이. 나는 축사집에서 세 식구가 같이 한 방에 누워 자던 일을 떠올렸다. 채 일 년도 지나지 않은 지난 시간들. 그러나 아득히 멀게만 느껴졌다.

누워 자는 아빠의 모습을 보니 그동안 푹석 늙어 버린 것 같았다. 더구나 사고가 난 왼손엔 흰 장갑이 반으로 접힌 채 끼여 있었다. 접힌 부분엔 벌써 까만 땟자국이 자리를 잡았다. 아빠는 그 장갑을 벗지 않고 그대로 잤다.

흰 장갑이 끼여 있는 손은 낯설었다. 그러나 언젠가는 그 손도 낯익어지겠지. 시간이 흐르면 뭐든 조금씩은 낯익어지니까. 하지만 그 손이 낯익어진들 달라지는 게 뭐 있겠는가……. 이미 잘려 나간 손가락들. 아빠의 손을 떠난 그 손가락들은 영영 다시는 자라나지 않겠지. 손가락 부분이 접힌 흰 장갑을 보자 가슴이 미어져 차마 아빠의 왼손을 바라볼 수가 없었다.

눈을 감자, 아빠가 새장가를 들기 위해 우리 남매를 고아원에 보내겠다고 약속했다는 새엄마의 말이 떠올랐다.

왜 그랬을까? 우리 남매가 그렇게 부담스러웠을까? 그건 아니었던 것 같다. 아빠와 새엄마의 싸움 내용을 들어 보면 아빠는 아무래도 새엄마가 아이를 못 낳을 줄 알고 그렇게 말한 것 같았다. 우선 그렇게 말해서 새엄마에게 나와 순동이를 돌보게 할 속셈이었던 것 같다. 그랬다면, 정말이지, 새엄마 말대로 아빠는 사기를 친 셈이었다. 그럼 그런 사기를 친 벌로 저런 사고를 당했나? 아니라고 할 수도 없을 것 같은 생각이 들었다.

나는 아빠의 처량한 모습을 더 들여다보지 않기 위해 전깃불을 껐다.

반지하라서 달빛도 별빛도 비치지 않아 깜깜한 어둠만이 네모 반듯한 상자 안에 꽉 들어차 있는 느낌이었다. 그 깜깜한 어둠을 흔드는 건 아빠의 코 고는 소리였다. 아빠가 드르렁거리며 길게 코를 골 때마다 어둠이 출렁거리며 흔들리는 느낌이었다. 아빠는 코를 고는 중간 중간에 가끔씩 가벼운 한숨을 입가로 흘리기도 했다.

아빠의 코 고는 소리와 한숨 소리를 들으며 누워 있자니 앞으로 어떻게 살아야 할지, 아이까지 하나 더 태어나면 식구도 다섯 식구로 늘어나는데 무얼 먹고 살아야 할지 정말 막막했다.

아빠가 저런 몸으로 할 수 있는 일이 있기나 할는지. 아까 쌀통 바닥을 긁을 때 나던 소리가 아빠의 코 고는 소리 위에 겹쳐졌다.

뒤척이다 깜박 잠이 들었는가 싶었는데 아침이었다. 아빠는 나가고 없었다.

엊저녁에 쌀통 바닥에서 박박 긁어 놓은 쌀로 아침 준비를 했다. 새엄마는 살림에서 손을 놓아 버린 지 이미 오래였다. 집안일은 진즉 하나부터 열까지 모두 내가 알아서 해야 했다.

그래저래 학교는 가 본 지 오래였다. 담임 선생님도 나를 포기했는지 한 번 다녀간 뒤론 더 찾아오는 일이 없었다.

집 안이 으슬으슬 추웠다. 새엄마에게 미운 마음이 안 드는 건 아니었지만 그래도 큰방에라도 불을 때야 할 것 같은 생각이 들었다. 그러나 달리 도리가 없어 마음뿐이었다.

점심때가 채 되지 않았을 때 아빠가 들어왔다. 아빠는 뜻밖에도 연탄집 아저씨의 손수레 뒤를 따라왔다. 손수레엔 쌀 한 포대와 연탄 30장이 실려 있었다.

"순지야, 우선 이걸로 며칠 견디고 있어라."

아빠는 그사이에 어디서 돈이 났는지 생활비 하라면서 만 원짜리 지폐도 한 장 주었다. 그러고는 다시 볼일이 있다며 점심도 거른 채 서둘러 나갔다.

연탄불을 피우기 위해 헌 신문지와 마른 나뭇가지를 모아서 아궁이에 넣고 불을 지폈다. 마른 나뭇가지에 불이 붙자 그 위에 연탄 한 장을 올려놓고 아궁이 공기구멍에 입을 대고 불었다. 새 연탄이라 덜 말라서 그런지 연기만 몹시 나고 불이 잘 피워지지 않았다.

매운 연기를 참으며 계속 공기구멍에 입을 대고 불었다. 한참을 그렇게 하자 불이 겨우 피어날 기미를 보였다.

아궁이 뚜껑을 덮고 일어서자 어지럼증이 일었다. 나는 애써 참으며 무릎에 손을 짚고 잠깐 엎드려 있었다. 바로 그때였다. 안방 문이 열리면서 새엄마의 고함 소리가 울렸다.

"야! 순지 이년아, 사람 잡을 일 있냐! 웬 연기를 이렇게 풍기고 있어, 엉? 내가 오소리냐? 오소리여?"

깜짝 놀라 방 쪽을 쳐다보았다. 아닌 게 아니라 집 안에 온통 연기가 가득 차 있었다.

"엄마, 연탄불 피우느라 그래요. 잠깐만 참으세요."

"그깟 연탄불 좀 피우는데 집 안을 온통 오소리굴로 만들면 어떡해! 오소리 잡을 때도 연기를 이렇게 많이 피우지는 않을 거다, 이년아!"

어금니를 꽉 물었다. 새엄마는 지금 홀몸이 아니다. 새엄마가 뭐라 하든 꾹 참아야 한다고 나는 마음속으로 다짐하고 또 다짐했다.

그나마 연탄불은 큰방 아궁이에만 넣고 작은방 아궁이엔 넣을 엄두조차 내지 못했다. 공기구멍을 꽉 막고 꺼지지 않을 정도로 피워도 하루에 두 장은 있어야 방 하나를 데울 수 있을 것이다. 그렇다면 연탄 30장은 방 하나만 땐다고 해도 겨우 보름치밖에 되지 않는다.

'아빠가 어디 갔지? 일자리 알아보러 갔나?'

어서 커서 돈을 벌어야겠다고 생각했다. 요즘 들어 더욱 느끼는 것이지만 돈은 모든 불행의 씨앗이라고 여겨졌다. 돈이 없으면 되는 게 아무것도 없었다. 부부간의 관계도 부모 자식 간의 관계도 돈이 없으면 제대로 유지되기가 어렵다. 그러나 다른 한편으론 그게 아닌 것 같기도 했다. 돈은 오히려 모든 행복의 씨앗인 것 같았다. 돈이 있다면, 부부간에도 싸우지 않고 자식들에게도 해 주고 싶은 것 다 해 줄 수 있을 것이다. 웬만한 집은 돈만 있으면 집안에 항상 웃음꽃이 필 것이다. 그러니 돈은 모든 행복의 씨앗이라는 생각이 드는 것도 사실이었다. 아무튼 내가 어른이 되면 행복의 씨앗이 되는 돈부터 벌어야겠다는 생각을 했다. 기왕이면 좋은 쪽으로 생각하기로 한 것이다. 그러나 나는 내가 왜 이런 생각을 하는가 싶어 픽 웃음이 나왔다.

겨울이 멀지 않은 늦가을의 밤기운이 제법 싸늘했다. 저녁 늦도록 아빠는 돌아오지 않았다.

밖으로 나와 별들이 총총히 박혀 있는 밤하늘을 쳐다보았다. 오랜만에 쳐다보는 밤하늘이었다. 축사집에 살 땐 늘 밤하늘의 별을 쳐다보며 엄마를 생각했다. 하지만 새집으로 이사한 뒤론 차분히 엄마를 생각할 시간조차 없었다.

엄마는 틀림없이 하늘로 올라가 별이 되었을 것이다. 하늘의 별이 되기 위해 그 먼 길을 서둘러 떠난 엄마.

'엄마, 지금 나 보고 있는 거야? 나도 얼른 하늘로 가서 별이 되고 싶어, 엄마처럼. 그런데 내가 별이 되면 순동이는 누가 돌보지? 안 되겠다, 엄마. 엄마, 난 조금 더 있다 별이 될래. 순동

이가 어른 되고 나면.'

나도 모르게 두 뺨 위로 눈물이 흘러내렸다. 그동안 참고 참았던 눈물이다. 이어 밤바람의 싸늘한 기운이 몸을 파고들었다.

저 멀리 마을 앞길을 지나는 차의 불빛이 간간이 나타났다가 금세 사라졌다. 불빛이 사라지는 모습을 보며 나는 애써 울음을 참았다.

'엄마, 안녕. 나 들어갈게.'

집으로 들어가기 위해 몸을 돌렸다. 미처 겨우살이 준비를 하지 못한 귀뚜라미 한 마리가 반지하집으로 내려가는 계단 어디에 숨어 있다가 울음소리를 길게 냈다. 잠깐 걸음을 멈추고 귀뚜라미 울음소리를 하나 둘 세며 들었다. 늘 들어서 귀에 익은 소리지만 오늘은 마치 무슨 사연이나 있어서 우는 것처럼 들렸기 때문이다.

"귀뚤귀뚤, 꾀뚜르르……."

방에 들어가자 순동이는 몸을 잔뜩 웅크린 채 자고 있었다.

귀뚜라미 울음소리가 방까지 따라 들어왔다. 저 귀뚜라미도 어서 겨우살이 준비를 해야 할 텐데……. 귀뚜라미 울음소리를 다시 하나 둘 세면서 잠을 청했다. 그러는 사이, 어느새 귀뚜라미 울음소리가 엄마의 다정한 목소리로 바뀌어 있었다.

"순지야, 순동아, 잘 자거라."

손도장

> 웃고 있네.
> 눈도 감고 피도 식어서
> 피도 식고 뼈도 삭아서
> 그러나
> 아프지 않아서 웃고 있네.
>
> 강은교·〈하관(下棺)〉에서

아침에 일어나자마자 연탄 화덕부터 살폈다. 연탄불을 갈고 연탄재를 버리러 나갔더니 눈이 하얗게 내려 있었다. 연탄재를 버리고 다시 들어가자마자 새엄마가 숨넘어가는 소리로 나를 급히 불렀다.

"순지야! 순지야! 나 죽겠다. 어서! 어서!"

내가 뛰어가자 새엄마가 문 쪽을 가리켰다. 나는 직감적으로 새엄마가 곧 아이를 낳을 거라는 걸 알아차렸다.

"잠깐만요, 엄마. 나가서 차 불러올게요."

튕기듯 집 밖으로 나가 마을 앞길로 뛰어갔다. 다짜고짜 길 복판으로 뛰어들어 차가 다가오기를 기다렸다. 처음으로 다가온 차는 버스였다. 할 수 없이 길가로 비켜섰다. 버스가 획 하는 바람을 크게 일으키며 지나갔다. 다음번에 지나간 차는 짐을 가득 실은 대형 짐차였다. 대형 짐차 역시 바람을 크게 일으키며 지나갔다. 나는 이번에도 얼른 길가로 비켜섰다. 한참이 지나고 나자 작은 승합차 하나가 다가왔다. 이번엔 길 복판에서 비켜나지 않았다.

승합차가 끽 소리를 내며 급히 섰다. 운전수가 차창 밖으로 고개를 내밀며 소리를 꽥 질렀다.

"야! 그렇게 길 가운데 서 있다 자칫하면 죽어, 임마. 눈까지 와서 길도 미끄러운데……."

운전수 아저씨가 하는 소리는 전혀 들리지 않았다. 나는 다짜고짜 차 문에 매달리며 소리쳤다.

"아저씨! 사람, 사람 좀 살려 주세요!"

운전수 아저씨 옆 자리엔 중년의 아주머니가 앉아 있었다. 두 사람 모두 놀란 눈초리로 나를 쳐다보았다. 내가 다급한 목소리로 다시 말했다.

"사람, 사람 좀 살려 주세요! 아저씨!"

나는 거의 울 듯한 목소리로 애원을 하며 매달렸다.

"무슨 일인데?"

"큰일 났어요. 우리 엄마가……."

"엄마가?"

"예."

"어디서?"

"우리 집에서요."

"집이 어딘데?"

"바로 저기……."

내가 손가락으로 집 쪽을 가리켰다.

아주머니가 자리를 당겨 앉으며 타라고 했다. 나는 고맙다고 인사할 새도 없이 차에 올라탔다.

낯모르는 사람의 승합차를 타고 집에 오자 새엄마는 거의 현관문 있는 데까지 기어 나와 있었다.

승합차 아저씨가 새엄마를 보고 말했다.

"걸으실 수 있어요?"

새엄마가 느릿느릿 고개를 가로저었다. 아저씨가 아주머니에게 다급한 목소리로 말했다.

"여보, 이 아주머니가 산기가 있는 것 같아. 내가 위쪽을 들 테니까 당신은 다리 쪽을 받쳐 줘요. 그리고 애, 넌 허리 쪽을 거들어라."

셋이서 힘을 합쳐 새엄마를 어렵게 승합차 뒷좌석에 태웠다.

혹시 그새 순동이가 일어나면 어쩌나 하고 생각하다가 일단 현관문을 잠그고 나도 차에 같이 올라탔다. 차 뒷칸엔 옷가지가 잔뜩 쌓여 있었다. 옷 장사를 하거나 옷 공장을 하는 사람들 같았다.

"아저씨, 고맙습니다. 어떻게 해야 좋을지 몰라서……."

아주머니가 대답했다.

"근데, 아빠는 어디 가셨니?"

아빠라는 말을 듣는 순간 당황스러웠지만 애써 차분하게 대답했다.

"새벽 일찍 일 나가셔서……."

"그래도 그렇지. 산모가 저 정도면 언제 일이 닥칠지 모르는데, 미리미리 준비해 놔야지……."

새엄마는 아무 반응 없이 좌석 등받이에 고개를 기댄 채 가만히 앉아 있었다. 나는 새엄마를 옆에서 부축하듯 받쳤다.

승합차 아저씨가 차를 세운 곳은 읍내에 있는 개인 산부인과 병원이었다.

나는 몇 번이나 아저씨와 아줌마에게 고맙다며 머리를 조아렸다.

"빨리 아빠한테 연락이나 해라."

병원에서 이동 침대가 나오자 거기에 새엄마를 옮긴 뒤 승합차 아저씨는 차를 바삐 몰고 병원 앞길을 빠져 나갔다.

그런데 입원 수속을 하는 데 문제가 생겼다. 접수를 맡은 간호사가 아빠를 들먹인 것이다.

"얘, 아빠한테 연락해서 오시라고 해야지."

"아빠가 지금 연락이 안 돼서요……."

나는 태연스레 아빠는 연락되는 대로 나중에 오면 안 되느냐고 떼를 썼다.

분만 시간이 워낙 촉박했으므로 병원 측에선 새엄마를 일단 분만실로 들여보낸 뒤 나에게 서류를 한 장 내밀며 손도장을 찍으라고 했다.

서류엔 몇 자 되지 않는 글자로 출산 시 어떤 일이 일어나더라도 병원 측에선 책임이 없다는 내용이 적혀 있었다.

　나는 그때서야 아이를 낳다가 죽을 수도 있다는 사실을 떠올렸다. 그렇다 하더라도 서류까지 작성해 놓고 도장을 박게 하자 왠지 두려운 생각이 들었다.

　하지만 간호사가 하라는 대로 보호자 난에 아빠 이름을 먼저 쓰고 그 밑에 내 이름을 쓴 뒤 손도장을 찍을 수밖에 없었다. 기분이 묘했다. 내가 새엄마의 보호자가 되다니…….

　한 시간쯤 지났을 때 간호사가 불렀다. 나는 간호사를 따라서 한 병실로 들어갔다.

　병실에 들어서는 순간 눈을 의심할 정도로 깜짝 놀랐다. 어느새 새엄마가 분만실에서 나와 누워 있고, 그 곁의 기다란 바구니엔 갓난아기가 담겨 있었다.

　간호사가 딱딱한 말투로 말했다.

　"아들이다."

　새엄마는 죽은 듯이 자고 있었다. 간호사가 아기를 한 번 들여다본 뒤 나갔다. 나도 아기 곁에서 아기를 들여다보았다. 아기 얼굴은 새빨갛다 못해 거무튀튀했다.

　아기는 장난감 인형 같았다. 일부러 붙여 놓은 듯한 코와 귀, 내 손으로도 한 뼘이 될까 말까 한 얼굴. 이렇게 작은 아기가 숨을 쉬며 자고 있다는 게 신기했다.

　새엄마는 서너 시간을 족히 자고 나서야 일어났다. 새엄마는 아기는 들여다보지도 않고 병원 식당에서 갖다 준 미역국에 밥을 말아 후루룩 마시듯 먹었다.

"엄마, 아기가 예뻐요."

새엄마는 아무 대답도 하지 않았다. 인기척에 깼는지 아기가 응애응애 하고 울었다.

배가 고픈 걸까? 그러나 새엄마는 아기에게 젖을 물리기는커녕 거들떠보지도 않았다. 나는 새엄마의 눈치를 보며 간호사가 갖다 준 젖병을 들고 복도로 나갔다. 온수 물통에서 젖병에 뜨거운 물을 조금 받은 뒤 찬물을 섞어 병실로 다시 들어갔다. 새엄마가 신경 쓰여 소리 나지 않게 분유통을 열어 가루우유 몇 숟갈을 젖병에 넣었다. 미처 분유통 겉포장에 쓰여 있는 대로 물과 가루우유 양을 맞추지는 못했다.

젖꼭지를 입에 물리자 아기는 신기하게도 우유를 빨았다. 그 조그마한 입을 오물오물거리며!

아기의 입, 마치 작은 봉숭아 꽃잎이 오물거리는 것 같은 아기의 입. 저렇게 작고, 저렇게 여린데 젖꼭지를 빤다. 아기는 세상에서의 첫 삶의 몸짓을 그렇게 먹는 일에서부터 시작했다.

아기는 내가 손에 들고 입에 물려 준 우유를 빨다 힘이 들면 잠깐 쉬고, 다시 물려 주면 쪽쪽 빨기를 반복했다. 아기가 우유를 다 빨고 나자 나는 빈 젖병을 내려놓고 아기의 입가에 흘러내린 우유를 면수건으로 닦아 주었다.

새엄마는 누운 채 나의 이런 행동에 대해 아무런 참견이나 간섭도 하지 않았다. 마치 세상을 뜬 친엄마가 침묵의 성을 쌓아 놓고 아무 말도 하지 않을 때처럼.

새엄마와 아무 말 없이 한 공간에 있는 게 불편하고 어색해서 병실을 나왔다. 간호사 대기실에서 텔레비전 소리가 크게 울려 퍼졌다. 텔레비전 소리를 뒤로 하고 병원 밖으로 나왔다. 아침에 내린 눈이 거의 녹았는가 싶었는데 하늘은 다시 눈을 뿌리고 있었다. 그러나 탐스런 함박눈이 아니고 바람에 이리저리 날리는 싸라기눈이었다.

시장기가 느껴졌다. 이어 집에 두고 온 순동이가 떠올랐다. 그리고 뒤늦게서야 아빠가 생각났다. 모든 것이 한꺼번에 떠올랐다. 시장기와 순동이와 아빠가.

어떻게든 아빠한테 연락해야 할 텐데, 아빠가 지금 어디 있는지 알 수도 없으니 어떡해야 좋을지 몰랐다.

싸라기눈을 맞으며 집으로 가는 길을 걸었다. 순동이도 어떡하고 있는지 궁금하고, 그새 혹시라도 아빠가 들어와 있을지도 모른다는 생각도 들었다. 다행히 눈은 그리 많이 오지 않았지만 밤이라 바람 기운이 더욱 차가워 몹시 추웠다. 윗옷을 여미며 보니 내 발엔 양말도 신겨 있지 않았다. 아침에 너무 경황이 없었던 것이다.

한 시간 정도를 추위에 동동거리며 뛰다시피했다. 멀리 연립주택 단지의 불빛이 보였다. 잠시 숨을 고르느라 걸음을 늦췄다. 그때였다. 어디서 튀어나왔는지 억센 손이 뻗어 나와 내 입을 틀어막았다. 난 그 손아귀에서 빠져 나오기 위해 몸부림을 쳤다. 그러나 저항할 기운이 없었다.

"가만히 있어! 소리 지르지 말고!"

억센 손은 뒤에서 내 가슴을 움켜쥐었다. 그런 다음 나를 돌려세우더니 내 입술에 자기 입술을 덮치듯 갖다 댔다. 술 냄새가 확 끼쳐 왔다. 욕지기가 났다. 속이 빈데다 뛰기까지 해서 그런지 구역질이 더 났다. 억센 손의 사내는 내 입 안으로 혀를 밀어 넣었다. 그 순간 더 이상 참지 못하고 구역질을 했다. 강한 신물이 목젖을 넘어왔다. 사내가 흠칫했다. 곧이어 사내의 툴툴거리는 소리가 들려왔다.

"에잇, 재수 없어!"

사내는 내가 토해 낸 것을 뒤집어쓴 모양이었다. 사내가 내게서 떨어져 나갔다. 연립 주택 쪽에서 오토바이 하나가 불을 켜고 달려왔다. 사내가 불빛을 피해 길가 쪽으로 몸을 홱 돌렸다. 하지만 나는 사내의 옆얼굴을 보고 말았다. 억센 손의 그 사내는 옆 동의 오빠였다.

집은 불이 켜져 있지 않았다. 나는 급히 현관문을 열고 들어가면서 바로 순동이를 찾았다.

"순동아! 순동아, 어디 있니?"

아무 소리도 들리지 않았다. 불안하고 초조한 마음이 한꺼번에 밀려들자 다리가 후들후들 떨렸다. 간신히 벽을 더듬어 전기 스위치를 올린 뒤 작은방으로 들어갔다.

"아!"

순동이가 이불을 쓰고 웅크린 채 병든 작은 강아지처럼 조그많게 쓰러져 있었다.

"누우야······."

순동이의 목소리가 힘없이 잦아들었다.

"순동아!"

왈칵 달려들어 순동이를 껴안았다. 그리고 마구 소리 내어 울었다. 새삼스레 입에선 신물이 다시 넘어왔다.

"누우야, 울지 마."

순동이가 내 품속에서 조그맣게 말했다. 나는 겨우 울음을 그치고 물었다.

"배 많이 고팠지?"

순동이가 말없이 고개만 끄덕였다.

밥을 안치기 위해 일어섰다. 그런데 발바닥에 자잘한 것들이 밟혔다. 자세히 보니 하얀 쌀알들이었다.

"순동이 너, 생쌀 갖다 먹었니?"

순동이가 고개를 끄덕였다.

"배가 아야 했어······."

"그래, 배가 많이 고팠겠다. 하루 종일 한 끼도 먹지 못했잖아······."

연탄불은 하얗게 다 탄 채 꺼져 있었다. 그래도 연탄 아궁이 위에 얹어 놓았던 솥 안의 물은 제법 따끈했다. 나는 그 물로 쌀을 씻고 서둘러 밥을 안쳤다.

밥이 끓는 냄새를 맡으며, 저녁에 어떡할 것인지를 생각했다. 다시 병원에 가기엔 너무 늦었다는 생각이 들어 내일 아침 일찍 병원에 가 보기로 했다. 나는 집에 들어오다 당한 일을 털어 내려고 아기를 떠올렸다.

"순동아, 아가 생겼다."

"아가 사러 갔어?"

"사러 간 게 아니고 낳으러 간 거야."

"누우야가?"

"아니, 엄마가."

"너도 아가 생겨서 좋지?"

"응, 좋다 좋다."

밥을 먹고 나자 기운이 좀 나는지 순동이는 박수까지 쳤다. 그러나 나는 박수를 쳐야 할지 울어야 할지 난감했다. 당장 아빠가 나타나서 병원비 같은 것도 처리해야 할 텐데, 우선은 그게 걱정이었고, 그다음엔 다섯 식구가 먹고살 일이 걱정이었다.

싸라기눈이 바람에 날리는 소리를 들으며 순동이를 꼭 껴안은 채 잠을 청했다. 입 언저리가 얼얼했다. 추위 속에서 너무 거칠게 쥐어뜯기듯 해서 그런 것 같았다. 방 안 공기가 몹시 차가운 탓에 귀와 코도 계속 시렸다. 순동이의 귀를 비벼 주면서도 날이 새면 어떡해야 하나 하는 생각을 떨쳐 버리지 못했다.

순동이가 쌕쌕거리는 소리를 내며 잠이 들었다. 순동이를 편하게 뉘어 놓고 내일 할 일을 다시 머릿속에 그려 보았다.

아침에 순동이 밥을 먹이고, 병원에 가서 아기를 돌본 뒤, 아빠를 찾아야 한다. 그런데 아빠가 가 있을 만한 곳이 좀체 떠오르지 않았다.

막막함, 반지하방의 네 구석을 꽉꽉 채우고 있는 까만 어두움만큼이나 막막했다.

발이 시렸으나 막막함이 느껴지는 순간 모든 생각이 끊기고 곯아떨어졌다. 겨울에 찬 바닷물에 빠졌을 때 추위보다 졸음 때문에 죽는 경우가 많다더니, 정말이지 추위보다 더 거세게 졸음이 몰려왔다.

밤새 싸라기눈은 바람에 어지럽게 날려 반지하집으로 들어오는 계단에까지 들어와 쌓였다. 그러나 아빠는 끝내 그 눈 계단 위에 돌아오는 발자국을 찍지 않아 눈 계단은 바람이 만지다가 둔 그대로 있었다.

얼어붙은 겨울 하늘

> 강물이 모두 바다로 흐르는 까닭은
> 언덕에 서서
> 내가
> 온종일 울었다는 그 까닭만은 아니다.
>
> 천상병 · 〈강물〉에서

"얘, 엄마 어디 갔어?"

"예? 엄마요?"

아침에 겨우 일어나 병원에 도착하자 간호사가 기다렸다는 듯이 물었다.

나는 새엄마가 화장실에나 갔을 거라고 대수롭지 않게 생각하며 병실로 갔다.

병실 문을 열자 새엄마는 보이지 않고 아기 혼자 울고 있었다. 그래도 나는 별다른 걱정을 하지 않았다.

"아가야, 배고프니?"

젖병을 들고 다시 병실을 나갔다. 복도 한켠에 있는 물통에서 뜨거운 물과 찬물을 번갈아 받은 뒤 병실로 돌아와 분유를 탔다.

새엄마는 아기에게 우유를 다 먹일 때까지도 들어오지 않았다. 그제야 걱정이 되었다.

화장실에 갔다고 해도 벌써 돌아올 시간이 충분히 되었다.

그 순간, 새엄마가 화장실에 쓰러져 있는 게 아닌가 하는 생각이 들었다. 나는 빈 젖병을 든 채 병실을 나와 화장실로 뛰어갔다. 다급한 마음에 화장실 문을 두드릴 새도 없이 차례로 열어젖혔지만 새엄마는 그 어디에도 없었다.

'어디 갔을까?'

도저히 감이 잡히지 않았다.

나는 간호사실로 뛰어갔다. 아까 나보고 엄마 어디 갔느냐고 묻던 간호사가 확인하듯 다시 물었다.

"엄마 없지? 어디 갔는지 몰라?"

오히려 내가 묻고 싶은 말이었다.

"우리 엄마 언제부터 없었어요?"

"그걸 내가 어떻게 아니? 언제부턴진 잘 모르지만 확실한 건 아침에 원장님이 진찰 돌 때도 없었는데 지금까지 돌아오지 않는다는 거야."

알 수 없는 일이었다. 간호사의 말대로라면 새엄마는 최소한 서너 시간이 넘게 병실을 비우고 있는 것이다.

새엄마는 점심시간이 되도록 나타나지 않았다.

병원 식당 아줌마가 갖다 준 아침밥이 그대로 들려 나가고 점심 식사가 들어왔다. 나는 어떻게 해야 할지 몰라 안절부절못했다. 아무래도 새엄마한테 무슨 일이 생긴 것 같았다.

새엄마가 아빠랑 싸울 때 걸핏하면, 뱃속의 새끼만 낳고 나면 뒤도 안 돌아보고 나갈 테니 지지든지 볶든지 맘대로 하며 살아 보라고, 고래고래 소리 지르던 모습이 떠올랐다.

'아무리 그렇다 하더라도……'

나는 고개를 저었다. 아무리 말을 그렇게 했더라도 자기 뱃속으로 낳은 갓난아기를 내버려 두고 도망갈 수는 없는 일이었다. 더군다나 아이를 낳은 지 겨우 하루밖에 되지 않은 몸으로 어디를 갈 수 있겠는가.

아기는 세상모르고 쌔근쌔근 잘 잤다. 나는 경험이 없어 아기에게 어떻게 해 줘야 할지 몰라 당황스러웠다.

옆 병실엔 아기의 탄생을 축하하기 위해 많은 사람들이 들락거렸지만 우리 병실엔 찾아오는 사람도 없었다. 가끔씩 간호사만 한 번씩 흘긋 들여다볼 뿐이었다. 그때마다 아빠한테 연락하라는 말을 잊지 않았다.

"얘, 너희 아빠한테 연락 좀 해서 병원으로 오시라고 해."

"아빠가 연락이 잘 안 돼요……"

간호사가 어이없다는 표정을 지었다. 나도 답답하기는 마찬가지였다. 아빠하고 연락이 되면 덜 답답할 텐데 아빠는 지금 이 시간 어디서 무엇을 하는지조차 알 수 없었다.

간호사가 쌀쌀하게 물었다.

"얘, 너, 가까운 친척이 누구니?"

"친척이요? 할머니밖에 없는데……"

마치 큰 죄라도 지은 것 같아 간호사를 똑바로 쳐다보며 대답할 수가 없었다.

"할머니 어디 사셔?"

"먼 데, 시골에 사는데요."

"주소 알지?"

"맨드라미가 많이 피는 집인데 마을 이름만 알아요."

간호사가 나한테서 할머니가 사는 시골의 군 이름과 마을 이름을 알아낸 뒤 돌아갔다.

간호사는 한참 뒤 다시 돌아와서 무슨 발표를 하듯 딱딱하게 말했다.

"아빠가 연락 안 되면 할머니라도 오셔서 아기를 데리고 가야 할 것 아니니? 그래서 전보 쳤어. 네가 말한 할머니 집으로 말이야."

사실 나는 할머니 이름도 모른다. 내 마음을 읽기라도 한 듯 간호사가 한마디 덧붙였다.

"받는 사람은 네 아빠 이름으로 했어. 시골이니까 다 알 거 아냐."

병원에 입원할 때 쓴 서약서에서 아빠 이름을 알아낸 모양이었다.

"아무튼 말이야, 전보 쳤으니까 누가 나타나도 나타나겠지. 별일도 다 있지······."

간호사가 흐린 말꼬리가 내 뇌리 속에 길게 박혀 들어왔다.

미처 짐작도 못한 쪽으로 일이 묘하게 꼬였다. 새엄마가 아이를 낳자마자 사라져 버리다니…….

저녁때까지도 새엄마는 돌아오지 않았다.

나는 애가 달았다. 순동이 혼자 집에 있는데 제대로 있기나 한지, 집에도 가 봐야 할 판이었다. 그렇다고 아기를 돌볼 사람이 없어 병원을 비울 처지도 못 되었다.

궁리 끝에 담당 간호사를 찾아갔다.

"저어……."

"무슨 얘긴데?"

간호사는 짜증스러운 표정에 경계심을 풀지 않은 말투로 대꾸했다.

"집에 좀 갔다 와야 되는데요……."

간호사의 양 눈꼬리가 올라갔다.

"너까지 도망가 버리려고?"

나는 고개를 저었다.

"아뇨, 집에 동생 혼자 있는데 제가 돌봐야 하거든요."

간호사는 어이가 없다는 듯 한참 동안 말을 하지 않고 치켜뜬 눈으로 나를 바라보기만 했다.

"잠깐이면 돼요. 얼른 갔다 올 테니까, 그동안 아기 좀 봐 주세요. 우유는 금방 먹였으니까 먹이지 않아도 될 거예요."

"얘, 네 엄마랑 아빠는 뭐 하는 사람이니?"

"……."

사실 그렇게 물어봐도 나로선 할 말이 없어 머뭇머뭇할 수밖에 없었다.

간호사는 내 대답을 기대하지도 않았다는 듯한 말투로 혼자 투덜대듯 중얼거렸다.

"처음에 입원할 때부터 알아봤어. 남편 놔두고 어린 딸애랑 애 낳으러 오는 여자가 어디 있어."

마치 남편도 없는 여자가 몰래 아이를 낳고 도망가 버렸다는 말투였다. 나는 속으로 '그건 아녜요.'라고 말하고 싶었으나 마음뿐이었다.

간호사실을 나왔다. 간호사가 내놓고 허락해 줄 것 같지 않았다. 하지만 맘먹은 대로 얼른 집에 다녀와야겠다고 생각했다.

간호사실 문을 열고 나가는데 간호사가 내 등에 대고 냅다 소리 지르듯 말했다.

"너까지 안 오면 아기는 바로 고아원에 보내 버릴 테니까 알아서 해!"

고아원이라고? 가슴이 덜컥했다. 어른들은 고아원에 보낸다는 말을 너무 쉽게 한다.

병원에서 나오자마자 구급차 한 대가 잦아드는 사이렌 소리를 내며 병원 앞에 섰다.

구급차의 문이 열리자 얼굴을 잔뜩 찌푸린 임산부가 남편인 듯한 남자의 부축을 받으며 내려왔다.

나는 임산부의 뒷모습을 한참 쳐다보았다. 남들은 산부인과 병원에 저렇게 오는구나 싶었다.

밤길을 달렸다. 어제처럼 싸라기눈은 내리지 않았지만 춥기는 마찬가지였다. 뱃속이 울렁거리면서 구역질이 날 것 같아 조금 달리다 걷기를 반복했다. 하루 종일 물 한 모금 먹지 못해 속이 빈 탓이었다.

집 안에 들어가자 순동이가 울음을 터뜨렸다.

"누우야, 앙앙!"

"그래그래, 울지 마. 누나 왔잖아. 순동아, 혼자서 무서웠지? 누나랑 같이 가자."

순동이에게 옷을 하나씩 더 껴입힌 뒤 집을 나섰다.

누구 집에선지 개 짖는 소리가 컹컹 울려 나와 차디찬 밤하늘에 울려 퍼졌다. 차가운 하늘에선 별들이 더욱 밝게 빛나고 있었다.

순동이는 영문도 모른 채 나랑 밤길을 걷는 것만으로도 좋은지 계속 종알거렸다.

"누우야, 나 배 안 아파."

배가 고프면서도 고프단 말을 하지 않으려는 게 배가 안 아프단 말로 표현되는 모양이었다. 나는 그 순간 아빠가 마지막으로 주고 간 만 원짜리 지폐가 생각났다. 혹시라도 새엄마에게 빼앗길까 봐 손수건에 꼬깃꼬깃 잘 싸서 바지 주머니 깊숙이 넣어 놓고 쓰지 않았던 돈. 그 돈으로 우선 순동이한테 자장면이라도 한 그릇 사 먹여야겠다고 생각했다.

간간이 차들이 불빛을 길게 남기며 지나갔다. 그때마다 바람이 획 일어나며 우리를 덮쳤다.

"누우야, 어디 가?"

"응, 순동이 동생 만나러."

"아가?"

"응, 아가."

코끝이 찡했다. 순동이에게도 동생이 생기다니. 그런데 그 아이에겐 지금 엄마도 아빠도 없다. 순동이가 계속 재잘거렸다.

"누우야, 아가 몇 살?"

"아직 한 살도 안 됐지. 이제 막 태어났거든. 아니다, 엄마 뱃속에서 열 달을 살고 나왔으니까 우리 식으로 하면 벌써 한 살이야."

"난 다섯 살이야."

순동이는 한 손을 들어 손가락을 활짝 폈다. 어둠 속이지만 순동이가 하는 짓이 또렷하게 보였다.

"그래, 그러니까 아가 잘 데리고 놀아야 돼."

"알았어. 내 빠빵 줄까?"

"넌 어떡하고?"

"난 다섯 살이야."

"다섯 살이면 빠빵 가지고 놀지 않아도 돼?"

"응, 아가가 울잖아."

순동이가 갑자기 듬직해 보였다. 마주 쥔 손을 더욱 꼬옥 쥐어 주었다.

"순동아, 너 누나가 좋아?"

"응, 누우야가 좋아, 누우야 없으면 나 배 아파."

"그래, 누나가 맛있는 거 사 줄게."

얼어붙은 겨울 하늘에 콩알만 하게 박혀 있는 별들이 금방이라도 머리 위로 쏟아져 내릴 것만 같았다. 나는 고개를 들어 하늘을 보았다. 밤길을 걷는 우리 남매를 따라 엄마별이 같이 따라오는 것 같았다.

"엄마……."

하늘을 쳐다보다 말고 나도 모르게 엄마라는 말이 튀어나왔다. 그러나 엄마는 이 세상 사람이 아니다. 그 생각을 하자 몸이 갑자기 으스스해졌다.

엄마 생각을 하지 않으려고, 그리고 혹시라도 어둠 속에서 나타날지도 모르는 '억센 손'을 피하기 위해 순동이 손을 잡고 뛰었다. 금세 숨이 차올랐다.

읍내의 불빛이 눈에 들어오자 뛰기를 멈추고 다시 걷기 시작했다. 조금 여유가 생기는 기분이었다.

그러나 그 시간에 문을 연 중국 음식점은 어디에도 없었다.

어지럼증

> 네가 준 꽃다발을
> 외로운 지구 위에 걸어 놓았다
>
> 나는 날마다 너를 만나러
> 꽃다발이 걸린 지구 위를
> 걸어서 간다
>
> 정호승 · 〈꽃다발〉

순동이와 함께 병원에 도착하자마자 병실로 서둘러 들어갔다. 역시 새엄마의 모습은 보이지 않고 아기 혼자 숨넘어갈 듯이 울고 있었다.

젖병을 보니 아까 해 놓은 그대로였다. 그동안 아기가 우유를 한 번도 먹지 않았다는 얘기였다.

아기는 계속 울어 댔다. 나는 서둘러 우유를 타면서 아기를 달랬다.

"아가야, 울지 마. 얼른 우유 타 줄게."

순동이는 우유를 빠는 갓난아기를 신기한 듯 바라보았다.

"아가, 맘마?"

"맞아, 아가가 맘마 먹는 거야."

병실 윗목을 보니 저녁 식사로 나온 국과 밥이 그대로 있었다. 병원 식당 아줌마가 식사 때만 되면 무조건 기계적으로 밥을 해 나르는 모양이었다.

아기가 우유를 다 빨고 나자 병원에서 산모용으로 나온 밥을 순동이에게 덜어 주었다. 이것저것 따질 형편이 아니었다. 무슨 밥이 되었든 일단 먹고 볼 일이었다.

"순동아, 배고프지? 어서 먹어."

순동이는 기다렸다는 듯이 숟가락질을 했다. 나물 반찬 두 가지에 별다른 반찬도 없고 식은 밥이었지만 밥맛은 꿀맛이었다. 순동이와 나는 반찬까지 남김없이 싹싹 쓸어서 다 먹어 치웠다.

밥을 먹고 나자 순동이는 쓰러지듯 자리에 누워 잠이 들었다. 그동안 빈속으로 추운 데 있다가 따뜻한 곳으로 들어와 속까지 채우고 나자 몸이 녹아들면서 졸음이 한꺼번에 몰려온 탓이었다.

간호사가 야간 순찰 돌 듯 한 번 들렀다. 밤이 깊어선지 간호사는 별말 없이 그냥 돌아갔다.

잠이 든 아기를 한번 들여다본 뒤 순동이 곁에 누웠다. 내일부터 어떻게 해야 할지 막막했다. 어느 병실에선가 갓난아기 울음소리가 아련하게 들려왔다. 갓난아기 울음소리에 곁들여 어디에선가 엄마의 목소리도 들려오는 것 같았다.

"순지야, 순지야, 순지야……."

엄마는 다른 말 없이 내 이름만 불렀다. 나도 엄마를 불렀다.

"엄마, 엄마, 엄마……."

그러나 엄마는 곧 사라지고 말았다. 그러기를 몇 차례. 나는 꿈인지 생시인지 모르게 잠을 설치면서 밤을 지냈다.

새벽에 눈을 뜨자마자 나는 아기 기저귀부터 갈아 줬다. 미처 기저귓감을 준비하지 못해 간호사가 가져다 준 서너 장의 기저귀를 번갈아 쓰는 것까지는 좋았으나, 때를 맞춰 제대로 갈아 주지 못해 아기의 샅이 오줌똥에 절어 빨갛게 짓물러 있었다. 그렇다고 기저귀를 채우지 않고 벗겨 둘 수도 없어 짓무른 데를 입으로 호 하고 불어 준 뒤 새 기저귀를 채워 주었다.

젖은 기저귀를 들고 화장실 세면장으로 갔다. 다행히 누군가가 쓰고 놔둔 빨랫비누로 기저귀를 빨았다. 될 수 있으면 남들이 일어나기 전에 빨래를 마치려고 서둘렀다.

생각해 보니, 새엄마는 출산 준비를 전혀 하지 않았다. 다른 산모들 같았으면 최소한 기저귓감이라도 끊어 놓았을 것이다. 그런데 새엄마는 아무런 준비도 해 놓지 않았다.

잘 찾아보면 순동이가 쓰던 기저귀가 집 안 어디에 있을지도 몰랐다. 아니, 어쩌면 두 번씩 이사하는 과정에서 없어졌을지도 모른다.

원장이 아침 진찰을 돌았다. 언제 보아도 무표정한 얼굴에다 뒤뚱거릴 만큼 나온 배를 앞세우고 병실에 들어와 아기를 한 번 들여다보는 걸로 진찰을 끝냈다. 원래는 산모의 상태를 보고 가는 모양인데 산모가 없으니 대신 아기를 보고 가는 것 같았다.

진찰을 끝내고 돌아가면서도 원장은 아무 말도 하지 않았다. 그러나 원장이 돌아간 뒤 금세 뒤쫓듯 들어온 간호사가 염려했던 얘기를 꺼냈다.

"원장님이 오늘 퇴원하라고 하는데 어떡할래?"

"……."

가슴이 탁 막혔다. 퇴원하려면 병원비가 있어야 할 것 아닌가?

내가 아무 말도 못하고 당황해하자 간호사가 쐐기를 박듯 말했다.

"너희 할머니 오시면 의논해서 퇴원하도록 해!"

병실 문을 나가는 간호사의 하얀 간호복이 눈앞에서 출렁이는 물결처럼 보이는 순간 나는 그대로 병실 방바닥에 쓰러졌다. 밀려오는 어지럼증을 견딜 수가 없었다.

조금 뒤 식당 아주머니가 내는 딸그락 소리에 정신이 들었다. 나는 얼른 옷매무새를 가다듬으며 아줌마를 맞았다.

아줌마가 기어코 한마디 했다.

"너희 엄마는 늘 어디 가니? 방에도 잘 없고 밥도 먹었다 안 먹었다 하고……."

"……."

나는 아무런 대답도 하지 못했다. 아니, 이럴 때는 대답을 하지 않는 게 대답이다. 침묵 이상 무슨 대답을 할 수 있겠는가. 다행히도 식당 아줌마는 더 이상 캐묻지 않고 나갔다.

식당 아줌마의 태도로 볼 때 새엄마가 병원에서 사라졌다는 사실을 아는 사람은 원장과 간호사들뿐인 것 같았다.

'일부러 엄마가 사라진 사실을 숨기는 건가?'

그럴지도 모른다는 생각이 들었다. 병원에 있는 환자들 사이에 산모가 사라졌다는 소문이 나 봐야 좋을 건 없을 테니까. 그런데 경찰에 신고는 왜 했을까?

'어떤 이유에서든 사람이 없어진 건 일단 중요한 일이니까 할 수 없이 신고했는지 몰라.'

나름대로 그렇게 결론을 내렸다. 순동이가 부스스 눈을 비비며 일어났다.

잠을 설쳐서인지 입 안이 깔깔했으나 식당 아줌마가 날라 온 밥을 순동이와 나눠 먹었다. 밥을 먹고 나자 순동이가 말했다.

"누우야, 아가 맘마."

"그래, 아가도 깨면 맘마 먹이자."

밥그릇을 병실 문 밖에 내놓고 새벽에 빨아 온 기저귀를 방바닥에 고루 펴서 널었다. 하얀 기저귀가 병실 바닥을 가득 채웠다. 순동이는 기저귀를 밟지 않으려고 발을 오므리며 자꾸 방 구석으로 뒷걸음을 쳤다.

온통 하얀 것이 눈에 들어오는 순간 방바닥이 출렁이며 또다시 어지럼증이 밀려들었으나, 입술을 단단히 깨물며 가까스로 견뎌 냈다.

할머니가 숨이 턱밑까지 차서 헉헉거리며 병실로 들어선 것은 점심때가 거의 다 되어서였다.

"순지야, 느이 엄마 어디 간 것이댜?"

나는 고개를 가로저었다.

짐작컨대 할머니는 간호사에게 이야기를 대충 듣고 온 것 같았다.

"느이 아빠는 또 어디 가고?"

나는 또 고개를 가로저었다.

"이게 무슨 꼴이여. 뼁아리 새끼 같은 자석들만 놔두고 애비 에미는 다 어디로 사라져 버린 것이여, 쯧쯧. 조는 집안엔 자는 며느리 들어온다더니 꼭 그짝이 나부렀구만. 인자 이 일을 어쩔 끄나, 이 일을 어쩌."

할머니는 어이가 없는지 기저귀를 한쪽으로 제쳐 놓으며 그 자리에 털썩 주저앉았다. 할머니와 설왕설래하는 바람에 아기가 깨면서 울었다. 할머니가 아기를 안았다.

"어디 보자, 내 강아지. 엄마 어디 갔다냐?"

할머니는 아기가 말을 알아듣기라도 하는 것처럼 아기를 안고 얼러 댔다. 멍하니 문 곁에 서 있던 순동이가 그제야 할머니 곁에 다가갔다.

"할머니, 아가."

할머니가 애써 반가운 목소리로 순동이를 의식했다.

"아이고 내 강아지, 잘 있었냐?"

"할머니, 아가 맘마."

"그래그래, 애기 맘마 먹어야지. 근디 순지야, 애기 멕일 우유는 있냐?"

나는 할머니에게 고개를 끄덕인 뒤 젖병을 들고 나가 물을 받아 왔다.

내가 안을 때와는 달리 아기는 할머니가 안자 보채지 않고 우유를 잘 빨아 먹었다.

"불쌍한 것, 아이고 불쌍한 내 새끼. 업둥이가 따로 없구만. 사람은 시상 살아가는 디 부모가 반 팔자라는디 너는 으째서 태어날 때부터 이러코롬 부모 치레를 못하고 생겨났냐?"

할머니는 끝내 눈물을 감추지 못했다.

"순지야, 느이 엄마가 어디 간다고 말한 적 한 번도 없냐?"

나는 고개만 끄덕였다.

할머니가 눈물을 훔치기 위해 윗도리 앞주머니에서 손수건으로 쓰는 흰 천을 꺼냈다. 그 천과 함께 종잇조각 하나가 같이 딸려 나왔다. 나는 별생각 없이 그 종이에 눈길을 준 뒤 손으로 구겨진 종이를 펴 봤다. 전보 용지였다.

나금산씨모친급히병원으로오시기바람
　　　　　임신부인과의원장

임산부인과의 '산' 자가 '신' 자로 찍혀 있었다. 받는 사람은 나금산, 아빠 이름으로 되어 있었다.

할아버지는 평생을 논 한 마지기 없이 남의 소작농으로 전전하다 일생을 마쳤다. 그래서 외아들에게는 금이 산처럼 쌓여 부자로 살라는 뜻으로 금산(金山)이라는 이름을 지어 호적에 올렸다. 그러나 아빠는 이름에 담긴 뜻처럼 금산을 이뤄 살기는커녕 보잘것없는 흙산 돌산 하나도 이루지 못했다.

할머니는 전보 용지를 받고 나서 한숨도 자지 못하고 날이 밝자마자 첫차로 집을 나서 한달음에 내달려 왔다.
 칠십도 훨씬 넘은 나이로 평생 농사일에 절어 허리가 거의 기역 자로 꺾인 할머니였다. 해방 후 마을에 생긴 야학에서 겨우 가갸거겨와 구구단을 익혀 까막눈을 면했다. 할머니는 그 전보 용지에 구체적인 내용이 없어 더 애가 달았다.
 '이것이 시방 뭔 소리단가? 순지 새에미가 몸 풀다가 으찌께 잘못된 것이다?'
 할머니는 병원에 도착할 때까지 전보 용지를 몇 번이나 들여다보면서 글 속에 숨겨져 있을 것 같은 진짜 뜻을 해독해 보려고 애를 썼다.
 나금산이 아니라 나금산 씨 모친보고 급히 병원으로 오라고 한 까닭과 그 병원이 임신부인과 의원인 것이 도무지 연결되지 않았다.
 나금산 씨 모친이면 분명히 자기를 이르는 것인데 임신부인과면 무슨 병원인가? 지난번에 순지 에미가 죽었을 때도 연락이 없어 나중에야 알았고, 순지 애비가 다쳤을 때에도 나중에야 알았는데 이번엔 웬 전보가 임신부인과에서 왔을까?
 할머니의 의문은 읍내에 도착해서야 풀렸다. 임신부인과를 물어물어 찾는 과정에서 임신부인과가 아니라 임산부인과라는 게 자연히 드러난 것이다.
 할머니를 보자 일단 막막함이 조금은 덜어지는 느낌이 들었다.
 병실 밖에서 간호사의 슬리퍼 끄는 소리가 들려왔다. 그 소리를 듣자 다시 막막함이 밀려왔다.

할머니는 아무 말 없이 아기만 들여다보다가 지나가는 말투로 한마디 했다.
 "귀하고 코는 영락없이 지 애비 빼닮었는디, 입은 앙다물고 있는 게 영판 지 에미 입이구만."
 할머니는 한 번밖에 보지 못한 새엄마의 입 생김새까지 기억하고 있는 모양이었다.
 드디어 병실 문이 열렸다. 어지럼증이 나게 하던 하얀 간호복의 간호사가 병원비 청구서를 들고 들어왔다. 내가 생각하는 천사의 모습과는 너무나 거리가 먼 모습이었다.

산모 몸값

> 물고기는 흐르는 물로 눈알을 닦는다
>
> 이정록·〈눈〉에서

  할머니는 애초에 병원비를 챙겨서 병원에 온 것이 아니었다. 겨우 차비에다 비상금만 몇 푼 쥐고 급히 달려왔을 뿐이었다.
  나는 병원비 때문에 걱정을 놓지 못하고 있었다. 그러나 할머니는 병원비 같은 건 걱정도 하지 않고 앞으로 우리 식구가 살아갈 걱정만 했다.
  "없는 집구석에 살림은 안 늘고 식구만 하나 더 붙었으니 앞으로 느이 식구 살 일이 막막허다……."
  할머니는 간호사가 전해 준 병원비 청구서를 읽어 보지도 않고 호주머니에 쑤셔 넣은 다음 아기를 포대기로 둘둘 말듯이 싼 뒤 두 팔로 안고 일어섰다.
  "가자."

할머니가 아기를 안고 병실 문을 나서자 나도 어쩔 수 없이 할머니 뒤를 따랐다. 접수 창구가 있는 곳을 지나자 간호사가 불렀다.

"할머니, 병원비 계산하고 가셔야죠."

"병원비? 병원비라고 한 것이여, 시방?"

"예······."

간호사가 할머니의 서슬에 눌려 기어 들어가는 소리로 겨우 대답했다.

"시방, 이 마당에 병원비가 그러코롬 중한가? 좋아, 그라믄 내가 병원비 계산헐 테니께 간호부는 산모 몸값 내놓으제. 그라믄 공평하겄제?"

"예? 뭐라고요?"

간호사가 당황하는 게 틀림없었다. 할머니는 기다렸다는 듯이 더욱 큰 소리로 다그쳤다.

"병원에서 사람이 없어졌으믄 사람을 찾아 내놓든지 몸값을 내놓든지 해야 헐 것 아녀!"

간호사는 어이가 없는지, 아니면 기가 죽었는지 대꾸를 하지 못했다. 할머니는 그 정도에서 그치지 않았다.

"내가 촌구석에서 온 쭈그렁바가지 같은 늙은이라고 얕보면 안 되야. 촌구석에서 평생 두더지매키로 땅만 파고 살았어도 시상 돌아가는 이치 알 것은 다 알고 있제. 쯧, 조용히 넘어가려고 혔는디, 안 되겄구만. 나, 간호부 아가씨하고 얘기헐 시간 없으니께 가서 원장 선상님보고 나 잠 보자고 혀. 병원비 고까짓 것이 몇 푼이나 된다고 시방 병원비 타령이여, 병원비 타령이. 아무려믄 병원비가 사람 목숨 값보단 더 되진 않을 틴께 내 따져서 이치에 맞게 정산헐 틴께 빨리 원장 선상님헌티 내 말 전혀, 어서!"

"할머니, 원장님은 지금……."

할머니는 간호사가 변명할 틈도 주지 않았다.

"가서 후딱 데려오라니께. 나도 이대론 못 넘어가겄구만. 시상에 자기 병원에 온 산모를, 더더군다나 애기 낳느라 몸도 성치 않은 산모를 잃어버리는 병원이 이 시상에 어디 있냐? 환자 잃어뻔지고도 병원비 받는 병원은 더더욱 없을 것이고만. 아, 어서 원장 선상님 잠 보자고 허랑께 뭐 허고 있다?"

"할머니, 그 산모는 도망간 거예요."

간호사의 말에 할머니는 드디어 폭발을 하고 말았다. 지금까지는 대폭발을 기다리고 있는 준비 단계 정도밖에 되지 않았다. 할머니는 아기를 한 손으로 안은 뒤 다른 한 손으론 접수대 창구를 내리치며 사정없이 다그쳤다.

"뭐시라고? 도망이라고 헌 것이여 시방? 그라믄 간호부 아가씨가 도망가는 것 봤다 이 말이제, 엉? 도망가는 것 봤냐니께? 도망가는 것 봤으믄 그때 바로 말리제, 왜 안 말리고선 이런냐? 참말 야들 에미가 아가씨보고 도망간다고 미리 귀띔이라도 한 것이여? 귀띔이라도 한 것이냐고? 확실하게 말혀, 난중에 딴소리허지 말고. 간호부 아가씨헌티 야들 에미가 분명히 도망가는 것이라고 말허고선 병원 빠져 나간 것이제?"

마침내 할머니는 그때까지 한 손으로 안고 있던 아기를 나한테 넘겨준 뒤 아예 한바탕 싸울 태세를 취했다.

"빨랑 가서 원장 선상님, 아녀 원장 데려와! 이따우 병원 원장 쌍판대기가 어찌코롬 생겼는지 구경부터 해사 쓰겄은께 빨랑 데려오드라고잉. 나도 인자 요로코롬 된 마당엔 조용히 못 넘어가겄구먼. 환자가 강도헌티 납치됐는지, 병원에서 애 낳다 실수해서 뒷탈 없게 어디다 갖다 내버렸는지, 내 확실히 따져서 법대로 해야겄구만. 시상 사람이 무서워허는 법도 이런 때 쓰라고 있는 것일 틴께, 이 촌 늙은이도 법의 힘 잠 빌려야 쓰겄구만. 아가씨가 아적까지 법이 얼매나 무서운지 모르는 모양인디 이 참에 알게 될 것이여. 아니, 빨랑 뛰어가서 원장 데려오라는디 으째서 눈먼 소 닭 쳐다보대끼 멀건이처럼 멀뚱거림시로 서 있기만 헌다냐?"

간호사는 완전히 풀이 죽어 버렸다. 아예 대거리할 생각조차 못하는 것 같았다.

산모를 돌보기 위해 와 있던 보호자들이 접수 창구에서 벌어지고 있는 희한한 싸움을 구경하느라 모여들었다.

할머니는 사람들이 모여들수록 더 기세가 등등해져서 이젠 아예 병원 건물이 떠나가라 고래고래 소리를 질러 댔다.

마침내 다른 간호사가 급히 원장을 데려왔다. 무표정하던 보통 때와는 달리 원장 얼굴이 황당하고 짜증스런 표정으로 복잡하게 일그러져 있었다.

원장이 할머니를 보고 짐짓 아무것도 모른다는 말투로 정중

하게 말했다.

"할머니, 무슨 일 때문에 그러세요?"

"원장님이시우?"

"예……."

원장은 불뚝 나온 배와 어울리지 않게 누가 봐도 당황한 모습이 역력한 자세로 아주 공손하게 대답했다. 할머니가 일부러 말을 느릿느릿 빼며 큰 소리로 말하기 시작했다.

"내가 시방 원장님 체면을 봐서 조용조용하게 이야기허겄는디, 이 애기 에미가……."

할머니가 포대기의 아기를 가리키며 말을 이으려는 순간 원장이 할머니 손을 잡아끌며 말했다.

"할머니, 제 방에 가서 얘기하시죠."

할머니는 못 이기는 척 원장을 따라 원장실로 들어갔다. 구경하던 사람들이 수군대며 흩어졌다.

조금 뒤 할머니는 원장실을 나왔다. 할머니를 바로 따라 나온 원장은 연달아 허리를 굽히고 고개를 조아리며 조용한 말로 할머니를 배웅했다.

그제야 간호사들도 사태가 어떻게 돌아가는지 알아차리고 할머니에게 공손히 인사했다.

"할머니, 안녕히 가세요."

할머니는 짐짓 화를 가라앉히는 척하며 인사를 받았다.

"간호부 아가씨들도 뭐가 뭔지 제대로 알고 따져야 되야. 원장님은 금세 알아들으시잖여."

걱정했던 것과는 달리 아기를 데리고 퇴원하는 일은 생각보다 쉽게 끝났다.

할머니는 내게서 아기를 받아 안은 채 뒤도 돌아보지 않고 급한 발걸음으로 병원 문을 나섰다.

그새 원장의 지시가 있었는지 병원 문 앞엔 구급차가 대기하고 있었다.

구급차 안에 있던 운전기사가 밖으로 나와 할머니한테서 얼른 아기를 받아 안더니, 할머니가 차에 오르자 다시 건네주었다. 나와 순동이도 할머니를 따라 구급차에 올라탔다.

차에 올라타자 할머니는 기세등등하던 조금 전과는 달리, 언제 그런 모습을 보였더냐 싶게 아무 말도 하지 않았다.

내가 운전기사에게 집으로 가는 길을 일러 주었다. 구급차는 금세 읍내를 빠져 나와 집으로 갔다.

집은 썰렁했다.

"순지야, 연탄 쓰던 것 남았으믄 어서 불 좀 피워라."

안방에만 아껴아껴 피우던 연탄 몇 장이 남아 있었다. 나는 큰방의 아궁이에 연탄불을 피워 놓고 큰방으로 갔다.

큰방은 아이 낳으러 갈 때 새엄마가 쓰고 있던 그대로였다. 이불이 있는 대로 다 나와 깔려 있었지만 그래도 어쩔 수 없이 냉기가 손에 만져졌다.

할머니는 아기를 바닥에 내려놓지 못하고 품에 안은 채 이불 위에 쪼그리고 앉았다.

"아직 털도 안 돋은 새 새끼 같은 이 어린것이 무슨 죄다냐,

부모 잘못 만난 게 죄지. 쯧쯧."
 할머니는 아기가 행여나 울세라 불편한 자세 그대로 움직이지도 않고 앉아 있었다.
 "할머니, 점심 먹어야지?"
 "그래, 느이들도 시장허겄다. 그란디 쌀은 있기나 허냐?"
 "조금 있을 거야, 할머니."
 아빠가 연탄을 들여놓을 때 같이 들여놓은 쌀이 조금 남아 있었다. 나는 쌀을 씻어 서둘러 안쳤다.
 가스 레인지 위에서 밥이 끓는 동안 연탄불이 피어올라 방이 제법 따뜻해졌다. 할머니는 방바닥에서 냉기가 조금씩 사라지자 그제야 아기를 자리에 뉘었다.
 밥이 다 되자 반찬도 없는 밥상을 들고 큰방으로 들어갔다. 순동이는 진즉부터 할머니와 함께 큰방에 있었다. 아기가 신기한지 아기 곁에서 잠시도 떨어지지 않고 있었던 것이다.
 할머니가 숟가락을 들다 말고 한숨을 내쉬며 말했다.
 "순지야, 순동아, 느이 새엄마는 도망가 부렀다. 그랑께 이젠 싹 잊어부러라."
 "아까 병원에선 도망간 게 아니라고 했잖아, 할머니."
 나는 행여나 하는 마음에서 그렇게 말해 보았다. 할머니가 강하게 도리질을 했다.
 "그건 괜시런 억지소리였어. 지난여름에 진즉 알아봐 부렀제. 여편네는 밥상 들고 문지방 넘으면서도 열두 가지 생각을 한다는 말도 있제만은 느이 새엄마는 애기 뱄을 때 벌써 딴생각 묵고 있는 것 할무니는 눈치 챘다."

　나도 그때 일을 잘 알고 있었다. 새엄마는 할머니에게 말 한 마디, 아니 눈길 한 번 주지 않았다. 이제 와서 생각해 보니, 아빠와 우리 집에 정 붙이고 살 생각이었으면 절대로 그러진 않았을 것이다.

　"독한 사람이제, 독한 사람이여. 이 어린것을 띠어 놓고 낳자마자 나가 불다니. 하기사 젖 물리고 키우다 보면 정들어서 못 나갈까 봬 그랬겄지. 사내가 짱짱해야 마누라도 붙어 있제, 누구 탓을 허겄냐, 원……. 어서 먹자, 어서 먹어."

　할머니의 얘기를 듣느라고 가만있자 할머니가 재촉했다.

　"순지 니도 앞으로 고생이 많겄지만 그래도 니가 맏인께 동생들 봐서 야무지게 살아야 쓴다. 그나저나, 열 식구 벌지 말고 한 식구 덜라고 그랬는디, 없는 집구석 살림에 입만 하나 더 늘었으니 앞으로 으쩔끄나."

　할머니는 말을 마치자마자 눈물을 훔쳤다. 때에 절은 흰 천으로 눈물을 콕콕 찍어 내는 할머니의 손등이 마치 소나무 껍질 같았다.

　할머니는 밥을 먹는다기보다 억지로 꾸역꾸역 삼키는 것처럼 보였다.

　"느이 아빠는 어디 가서 뭘 허길래 코빼기도 안 비치는지 모르겄구나. 요즘같이 개명한 시상에 이녁 식솔도 책임 못 지고지 몸뚱이만 빠져 나가는 사람이 어디 있댜. 진즉 고향서 농사 짓고 살았으믄 이런 일은 없었을 것인디……. 자식이라고 하나 있는 것이 끝끝내 요로코롬 에미 속만 뒤집어 놓다니……. 오는 복은 기어 오고 나가는 복은 날아간께 오는 복은 몰라도 나가는 복은 안다고 허더니만, 아무래도 우리 나씨 집안이 시방 우박 맞은 배추밭 짝이 난 것 본께 앞으로 한참은 살아가기가 쉽지 않겄다. 그랑께 할무니 생각으론…….”

그새 할머니는 나름대로 계획을 세운 모양인지 말머리를 뗐다.

"늬들 여그서 더 살아 봐야 벨로 좋을 것도 없을 것 같다. 차라리 시골 가서 할무니랑 같이 살자.”

나로선 가타부타 할 말이 없었다. 어차피 나 혼자선 동생들 보살피며 살 도리가 없었다. 그러니 할머니가 이르는 대로 따를 수밖에.

"내가 이따가 복덕방에 얘기혀 놓고 갈란다. 이 집 세 빠지는 대로 할무니네 집 가서 살자.”

점심 식사가 끝난 뒤 할머니는 곧장 복덕방에 집을 내놓았다.

"느이 아빠도 어차피 한 손뿐인께 옛날처럼 목수 일도 못할 것이여. 그랑께 고향 가서 살아야 그나마 삼시 세끼 밥이라도 안 굶지, 객지살이하다간 언제 객지 귀신 될지 모른다. 느이들 여그 없어도 느이 아빠 정신 들면 언젠가는 시골로 찾아오겄제.”

할머니는 이틀 밤을 지낸 뒤 일단 시골에 다시 다녀오기로 했다. 할머니는 몸에 지니고 있던 돈을 차비만 남겨 놓고 탈탈 털어 분유 한 통과 연탄 몇 장, 그리고 봉지쌀을 사 놓았다. 길 떠나는 할머니를 순동이가 붙잡았다.

"할무이, 나도 가.”

"우리 착한 강아지, 할무니 다섯 밤만 자고 다시 올 테니께 누나랑 잘 놀고 있어라."

"이렇게 다섯 개?"

순동이가 오른손을 펼쳐 손가락 다섯 개를 할머니에게 들어 보였다.

할머니는 갓난아기 때문에 발길이 떨어지지 않는 모양이었다. 집을 나서려고 신발을 신었다가도 다시 안방에 들어가서 아기를 들여다보기를 서너 차례나 했다. 그러나 급히 오느라 돼지며 닭이며 제대로 단속해 놓고 오지 못한 터라 마냥 이곳에만 있을 수도 없었다.

"순지야, 할무니 갔다가 금방 오마. 그때까지만 잘 참고 있거라. 때맞춰 애기 우유 타 주는 것 잊지 말고."

할머니는 끝내 눈물을 감추지 못하고 집을 나섰다. 그러나 나는 웬일인지, 애써 참는 것도 아닌데도 다른 때와 달리 눈물이 나오지 않았다. 새엄마가 산통을 느끼던 바로 그날 아침부터, 지난 며칠이 어떻게 지나갔는지 그저 무덤덤하기만 했다.

할머니를 버스 타는 데까지 배웅하고 돌아오는데 학교 갔다 오는 아이들이 삼삼오오 떠들며 마을로 들어왔다.

생각해 보니 지금쯤 겨울 방학에 들어갈 무렵이 된 것 같기도 했다. 그러나 학교 구경한 지가 언젠지 기억조차 가물가물할 정도로 오래되어 버렸다. 2학기를 마치 방학처럼 보낸 것 같았다. 이래저래 내 중학교 생활은 엉망이 되고 말았다.

맨드라미 피는 집

> 별똥꽃 무섭게 찢어지고
> 여름밤 멍석 위에서
> 할머니는 내 등을 긁고 계셨다.
>
> 이성선 · 〈할머니 손톱〉에서

이사 날짜가 잡혔다.

새엄마는 물론 아빠도 집에 돌아오지 않았다.

나는 별의별 생각이 다 들었다.

'아빠와 새엄마가 같이 도망가 버렸나?'

우릴 고아원에 보내려고 생각했다면 그럴 수도 있겠다고 생각했다. 하지만 그동안 아빠와 새엄마의 관계로 볼 때 같이 도망갈 것 같진 않았다.

며칠 뒤 할머니는 글깨나 읽은 이웃 할아버지에게 일부러 부탁해서 새로 태어난 아기 이름을 순달(順達)이라고 지어 왔다.

순할 '순' 자에 통달할 '달' 또는 이룰 '달' 자. 할머니는 아기 엉덩이를 아프지 않게 손바닥으로 살짝 때리며 이름 풀이를 해 주었다.

"야 이눔아, 니 이름은 살면서 모든 것이 순탄하게 이뤄지라는 뜻이라더라. 이름대로 살어야 헌다."

할머니는 이삿짐을 쌀 때 새엄마가 사들인 자질구레한 것까지 하나도 버리지 않고 챙겼다.

"이것저것 살림만 잔뜩 장만해 놓고 정작 살림은 왜 안 했을고, 쯧쯧······."

이사 가는 날은 날씨가 흐렸다. 금방 눈이라도 쏟아질 것 같은 하늘이었지만 다행히 눈은 내리지 않았다.

조그마한 짐차 하나에 짐과 사람이 모두 탔다. 한 차에 다 앉아서 가기엔 자리가 비좁았지만 어쩔 수 없었다.

"할머니네 집에 가?"

순동이가 어리벙벙한 표정으로 할머니에게 물었다. 할머니는 고개만 끄덕일 뿐 대답하지 않았다.

하나밖에 없는 외아들이 잘되기는커녕 반불구가 된 채 집을 나가 살았는지 죽었는지 소식도 없고, 새 며느리는 애 낳은 지 하루 만에 도망쳐 버렸다. 그러니 세이레도 지나지 않은 핏덩이를 싸안고 가야 하는 심정이 말이 아니었을 것이다.

순동이는 비좁은 자리일망정 차를 타고 가는 게 마냥 즐거운 모양이었다.

"와! 빠빵 탔다. 빠빵!"

순동이와 달리 내 마음은 이루 말할 수 없이 착잡했다.

'축사집에나 한 번 가 볼 걸······.'

반지하집에서는 춥고 배고픈 기억뿐이었지만 축사집에서는 꼭 그렇지만은 않았다.

운전기사 아저씨가 시동을 걸었다. 차가 천천히 출발했다. 우리 살던 집을 뒤로 하고 옆 동을 지났다. 나는 눈을 감았다. 새삼스레 입 언저리가 얼얼했다. 나는 입술에 뭐가 묻어 있기라도 한 것처럼 손등으로 입술을 문지르고 또 문질렀다.

차가 마을 앞길을 지나 서울 쪽이 아닌 남쪽으로 방향을 잡았다. 옷을 다 벗어 버리고 앙상하게 서 있는 겨울나무들이 차창 밖에서 빠르게 밀려났다.

할머니는 차가 달리는 동안 순달이를 꼭 안은 채 한마디도 하지 않았다. 입을 앙다물고 있는 할머니의 양 볼이 더욱 패어 보였다. 할머니의 그런 자세가 나를 더욱 불안하게 했다. 할머니는 벌써 순달이의 운명을 꿰뚫고 있는 게 틀림없었다. 순달이뿐만 아니라, 어쩌면 나와 순동이의 앞날까지도.

차는 한나절을 달리고 나서야 할머니 집에 도착했다. 할머니 집은 옛날과 달라진 게 별로 없어 보였다.

할머니가 방에 군불을 땐다며 나더러 순달이를 안고 방에 들어가 있으라고 했다.

운전기사 아저씨는 차 소리를 듣고 온 이웃 아저씨와 함께 짐을 내렸다. 그 아저씨는 아빠 또래로 보였다.

아저씨가 짐을 내리면서 아궁이에 군불을 때는 할머니를 보며 큰 소리로 말했다.

"순지 아빠는 같이 못 내려왔어요?"

"코빼기도 안 내미는 인간허고 으찌께 같이 내려온댜."

할머니는 코를 횡 풀었다.

방바닥은 빨리 데워지지 않았다. 나는 아직 차가운 방바닥에 순달이를 내려놓을 수 없어 방 안을 서성거렸다.

조금 뒤 운전기사와 할머니가 운임을 계산하는 소리가 들리고, 차는 다시 시동을 걸어 마당을 빠져 나갔다.

순동이는 차가 떠나가 버리는 게 영 아쉬운지 차 꽁무니에서 뿜어낸 푸른 연기를 한참 동안 바라보았다.

차가 마당을 비우자 어디 숨어 있었는지 닭 세 마리가 마당으로 달려 나왔다. 순동이는 금세 닭 뒤를 쫓아다녔다.

우리가 이사 왔다고 이웃 아저씨, 아주머니 들이 찾아왔다. 아저씨, 아주머니 들은 짐을 들어 적당한 자리에 알아서 옮겨 주었다.

이삿짐 정리가 대충 끝나자 아주머니들이 순달이를 보겠다며 방으로 들어왔다.

한 아주머니가 먼저 순달이를 내게서 건네받은 뒤 코를 살짝 건드리며 말했다.

"너 이 녀석, 엄마 아빠 어디 두고 왔어?"

다른 아주머니들도 한마디씩 했다.

"야, 생긴 건 영판 제 아빠 닮았구만."

"쯧쯧, 불쌍한 것……."

순달이를 두고 아주머니들이 저마다 한마디씩 하는 게 나로선 별로 달갑지 않았다. 그런 내 기분을 알아차리기라도 한 듯이 아주머니들은 더 이상 다른 말을 하지 않았다.

그사이 방바닥에 온기가 돌고 방 공기가 제법 훈훈해졌다. 아주머니들은 순달이 자리를 잘 여민 뒤 순달이를 방바닥에 편하게 뉘어 주었다.

방에서 나간 아주머니들은 곧바로 집으로 돌아가는가 싶더니 약속이나 한 것처럼 저마다 김치며 국이며 나물 같은 것을 양재기나 대접에 담아 가지고 다시 왔다.

아주머니들이 가져온 반찬 덕분에 나와 순동이는 오랜만에 제대로 된 밥을 먹었다.

식구들이 늦은 점심을 먹는 동안 가장 젊어 보이는 아주머니가 순달이에게 우유를 타서 먹였다. 우유를 다 빨고 나자 순달이는 잠에 빠져 들었다.

아주머니들이 점심 먹은 설거지까지 해 주어서 나는 부엌으로 가지 않고 마당으로 나왔다. 순동이가 부지깽이 하나를 챙겨 들고 마당 구석구석을 누비고 다녔다. 가만히 보니 순동이는 참새 떼를 쫓아다니는 중이었다. 참새 떼는 순동이가 부지깽이를 저으며 다가갈 때마다 빨랫줄로 감나무로 지붕 위로 도망갔다.

"누우야, 쩩쩩이가 막 도망가."

"네가 쫓아다니니까 그렇지."

"나랑 같이 놀자고 그런 건데."

설거지를 끝낸 아주머니들은 마당에 서서 돼지 값 얘기며, 겨울 배추 실어 내는 얘기며, 텔레비전 연속극 얘기 등을 두서없이 나눈 뒤에 돌아갔다.

아주머니들이 다 돌아가자 방에서 할머니가 나를 불렀다. 할머니는 돋보기를 끼고 기저귓감으로 보이는 흰 천을 만지고 있었다.

"순지야, 바늘귀 잠 꿰어 다오. 순달이 기저귀 잠 만들어사 쓰겄다. 애기를 낳을라믄 기저귀라도 끊어 놓제……. 하기사 집 나가는 며느리보고 보리방애 찧어 놓고 물 질어 놓고 나가라는 짝이제……."

바늘귀에 실을 꿰어서 건네자 할머니는 새로운 생활에 대해 일러 주었다.

"순지야, 금방 왔다 간 사람들 다 좋은 이웃여. 아까 맨 처음에 와서 짐을 내려 준 이는 느이 아빠랑 어려서부터 소꿉동무로 같이 자란 아저씨다. 그 아저씨헌틴 오팔이라고, 너만한 아들이 있어. 아마 너랑 동갑일 것이다. 아줌마들도 다 내 식구들같이 나헌티 잘해 준다. 너도 이웃 아저씨, 아줌마 들헌티 친딸처럼 대하면 되야. 어려운 일 있으면 가서 의논하고, 특히 오팔이 엄마 아빠헌티……. 할무니는 이제 너무 늙어서 하루 앞도 모르니께……."

할머니는 기저귀 천 가장자리를 풀어지지 않게 다듬다 말고 나를 물끄러미 쳐다보았다. 돋보기 너머로 보이는 할머니의 눈에 끈적끈적한 눈물이 고이는 것을 보자, 나도 눈물이 핑 돌았다. 절대 울지 않겠다고 다짐한 사실도 잊은 채.

할머니의 눈은 돋보기를 써서 그런지 더욱 깊이 패어 있었다. 그 깊게 패인 눈이 나로 하여금 눈물이 핑 돌게 한 것이다. 그동안 용케도 울지 않고 잘 참았는데……

할머니는 가위로 실을 자른 뒤 다시 말했다.

"방학 끝나믄 너도 다시 학교에 가야 혀. 오팔이 아빠헌티 니 전학 수속 해 달라고 부탁해 놨은께 방학 끝나는 대로 학교에 다시 갈 수 있을 것이여. 앞으로 배우든 뒤로 배우든 으짜든지 한 자라도 더 배워야 그나마 험한 시상 견뎌 나갈 수 있제."

학교라는 말을 듣자 새삼스러웠다. 옆 짝을 채 사귀기도 전에 떠나온 2학년 교실. 다시 그 교실엔 돌아갈 수 없으리라. 그 대신 새로운 교실, 새로운 학교로 다닐 수 있을는지.

"내 살았을 때 너 고등학교까지는 마쳐야 헐 틴디……"

"할머니, 저 어른 될 때까지 사셔야 돼요. 제가 어른 되면 할머니 고생시키지 않을게요."

"그래그래, 말이라도 고맙다. 할무니도 그라고 싶지만 고것이 어디 사람 마음멕은 대로 되는 것이어야제. 저승사자가 할무니 데려가겠다고 벌써 사립까지 와서 기다리고 있을 틴디……. 사람이 일흔이 넘으면 그때부턴 이녁 나인 없고 넘의 나이로 산다고 허잖여. 그란께 시방 할무니가 사는 것은 덤이여, 덤. 허기사 많이 살었제. 칠십 년 세월을 넘게 살았은께……"

할머니는 움푹 파인 볼을 오물거리며, 마치 입 안에 뭐가 들어 있기라도 한 것처럼 입맛을 다시며 말했다.

기저귀 천들을 알맞게 접어서 포개 놓은 뒤 할머니는 마당으로 나가 돼지우리를 들여다보았다. 할머니는 돼지를 보며 꼭 사람에게 말하듯 했다.

"야 이 녀석아, 잘 있었냐. 넌 할무니보고 인사도 안 허냐?"

할머니를 졸졸 따라간 순동이가 돼지우리를 들여다보며 소리를 질렀다.

"우와! 우와!"

돼지는 꿀꿀거리며 밥통을 주둥이로 한번 들썩이고는 몸을 후두둑 털었다. 순동이가 놀라 뒤로 물러섰다.

"순지야, 이 돼지 잘 돌봐야 돼야. 그래도 이놈이 할무니헌티 가용돈 대 준 놈이다."

곧이어 할머니는 나를 장독대로 데리고 가서 이건 간장독, 이건 된장독, 이건 김칫독 하며 가르쳐 줬다. 그러고는 꼭 하는 말이 "늙으면 찾아올 손님이 귀신뿐이어서 언제 죽을지 모르니께 인자 순지 니가 알아 놔야제……."였다.

언젠가 어렸을 때 엄마랑 아빠랑 같이 왔을 때, 장독대를 울타리처럼 빙 둘러싸고 있는 빠알간 꽃을 보고 좋아했던 기억이 떠올랐다. 아마 추석 명절이 좀 이르게 든 해였던 것 같다.

할머니는 그 꽃을 맨드라미라고 했다. 할머니 얘기론 맨드라미는 일부러 씨를 뿌리지 않아도, 또 흙을 북돋아 주지 않아도 봄이 되면 씨가 떨어진 자리에서 바로 싹을 틔운다고 했다. 맨드라미가 지금은 다 지고 없다. 그러나 내 가슴속에 그 맨드라미는 언제나 장독대의 울타리로 남아 있다.

맨드라미를 처음 본 곳은 바로 여기, 이 자리에 있는 장독대 근처였다. 할머니는 그 꽃을 달여서 나온 붉은 물로 빨간 송편도 빚고, 불그스름한 떡전도 만들었다.

그 맨드라미들, 봄이 되고 여름이 되고 가을이 되면 다시 피려나? 수탉의 벼슬처럼 붉었던 그 꽃.

나는 장독대 곁에 있는 펌프의 손잡이를 잡고 펌프질을 해 봤다. 맑은 물이 금세 뿜어져 나왔다.

"느이 아빠 군대 갔다 와서 혼자 달포 넘게 판 샘이다. 웬만한 가뭄에도 마르지 않고 물이 쿨쿨 잘 나오제. 그 샘만 보믄 느이 아빠 생각이 더 나. 그 샘 팔 때 바윗돌이 밑에 깔려서 무지 애묵었제……."

아, 할머니는 샘물이 쿨쿨 쏟아질 때마다 아빠를 얼마나 많이 떠올렸을까? 나는 펌프질을 더욱 빠르게 해 댔다.

눈 위의 발자국

> 저물 무렵이면 산들은 어디로 돌아가는 것일까
> 마을로부터 먼 산들이 차례차례 수묵으로 지워져 사라지고
> 산들이 떠나간 가벼운 자리마다 빛나는 별, 별들.
>
> 정일근 · 〈산〉

    우린 시골 생활에 쉽게 적응해 갔다. 특히 순동이는 먹을 것에 굶주리지 않게 되어 볼 살이 토실토실 올랐다. 순동이는 아침 먹고 나가면 마을 아이들과 하루 종일 어울려 놀다가 해가 져서야 들어왔다.
    점심은 놀다가 아무 집에서나 주는 대로 얻어먹었지만 순동이는 전혀 구김살 없이 자랐다. 순동이뿐만이 아니라 다른 아이들도 내남없이, 이물없이 아무 데서나 얻어먹고 놀았다.
    친구들과 지내는 시간이 많아지면서 순동이는 거의 못하는 말이 없을 정도로 말문이 확 터졌다. 순동이가 말문이 터지자 집안에 활기가 돌았다.
    "오랜만에 집에 사람 사는 소리가 나서 이렇게 좋은디, 느이

아빠는 어디 가서 뭘 하고 있는지 모르겠다."

활기가 도는 집안 분위기와는 달리 할머니는 조그마한 일에도 숨이 차서 갈수록 거동이 힘들어졌다. 그러지 않아도 꺾인 허리가 더 꺾여서 요즘은 변소 길도 지팡이를 짚어야 다닐 수 있었다.

할머니가 걱정되어 밤에 잘 땐 가끔씩 할머니 가슴팍을 만져 보기도 했다. 혹시라도 할머니가 숨을 쉬지 않으면 어떡하나 하는 마음에.

'제발 할머니가 오래오래 사셔야 되는데……'

할머니가 없는 세상은 상상하기조차 싫었다. 그래서 앞으론 그런 방정맞은 생각일랑 하지 않기로 다짐했다.

다행히도 순달이는 아픈 데 없이 잘 자라 주었다. 할머니는 나와 순동이를 귀여워하는 만큼 순달이에게도 정성을 쏟았다. 삭정이처럼 마른 손으로 순달이를 용케도 잘 돌보는 할머니. 그러나 칠십 넘은 노인의 힘으론 아이를 돌보는 게 결코 쉬운 일이 아니었다. 우유 먹이고, 기저귀 갈고, 어르고……. 아이는 끊임없이 손길이 필요한 존재였다.

새로 자라는 생명과 점점 삭아 내리는 생명. 순달이와 할머니의 관계가 그렇게 보였다. 할머니는 자신에게 남은 모든 생명을 쏟아 부어 순달이를 키우는 것 같았다.

바람이 몹시 불어 순동이도 밖에 나가지 않고 방에서 뒹굴던 날, 할머니가 느닷없이 예금 통장을 내밀었다.

"순지야, 자, 통장허구 도장이다."

"할머니, 무슨 통장?"

"응, 느이들 살던 집 보증금 뺀 것이다. 오팔이 아빠헌티 부탁해서 니 이름으로 농협 통장 하나 맨들었다. 잘 간수혔다가 앞으로 급할 때 쓰기도 하고, 남는 건 니 중학교 다닐 때 학비로 쓰도록 혀. 그때까지 내가 살지 어쩔지 모르고 느이 아빠도 언제 돌아올지 모른께 니가 보관을 잘 해야 혀."

그런데 할머니는 바로 그다음 날 아침에 댓돌을 내려가다가 그만 넘어지고 말았다.

마당에 있던 순동이가 나를 불렀다.

"누나야! 누나야! 할머니가 아야 한다."

나는 무슨 소린가 싶어 방에서 후다닥 뛰어나갔다. 할머니는 쓰러져서 신음 소리조차 내지 못하고 있었다.

"할머니! 할머니! 괜찮아?"

할머니를 흔들어 본 뒤 곧바로 일으켜 보려고 했다. 마른 나무토막 같아 보이는 할머니였지만 혼자 힘으로는 안을 수가 없었다. 겁이 덜컥 났다. 그 순간 고맙게도 오팔이 아빠가 떠올랐다.

"할머니, 조금만 참고 기다려. 얼른 뛰어가서 오팔이 아빠 오시라고 할게."

급히 마당을 뛰어나갔다. 오팔이 집에 가자 오팔이가 나를 맞았다. 오팔이를 보자 괜스레 얼굴이 화끈거렸다. 마주친 적은 여러 번이었지만 아직 얘기를 나눈 적은 없어 말을 하려니 쑥스러웠다. 게다가 금세라도 울음이 터질 것만 같아 말을 하기도 쉽지 않았다.

"오팔아, 저기……."
"응, 뭔데 그래 순지야?"
"아빠 안 계시니?"
"아빠? 엄마랑 비닐하우스에 일 나가셨어."
"그럼 어떡하지……."
나는 마침내 울먹이기 시작했다. 그동안 나는 아무리 울고 싶어도 울고 싶은 대로 다 울지 않았다. 잠은 잘수록 더 늘고 울음은 울수록 서러워진다는 말을 이미 절실히 실감하고 있었기 때문이다. 그러나 할머니가 쓰러지자 그렇게 잘 참아 왔던 울음이 막 쏟아졌다. 어쩌면 오팔이 앞이라서 더 그랬는지도 모른다.
울먹이는 나를 보고 오팔이가 걱정스러운 목소리로 물었다.
"무슨 일인데 그래 순지야?"
나는 울먹이면서 할머니가 쓰러져 어떻게 해야 할지 모르겠다는 얘기를 했다.
"그럼 빨리 가 보자."
오팔이는 한순간의 망설임도 없이 곧장 튀듯이 뛰어나갔다. 나도 오팔이 뒤를 따라 집으로 왔다. 순동이가 할머니 곁에서 걱정스러운 듯 앉아 있었다.
오팔이가 할머니를 조심스럽게 흔들며 말했다.
"할머니, 괜찮아요?"
할머니가 고개를 끄덕였다.
오팔이가 할머니의 양 겨드랑 밑에 손을 넣어 뒤에서 조심스럽게 안으며 말했다.

"순지야, 내가 여기서 할머니를 안을 테니까 너는 할머니 다리를 조심스럽게 받쳐 줘."

오팔이가 할머니를 조심스럽게 안아 올리자 나도 오팔이가 시킨 대로 할머니 다리를 두 팔로 감싸 안 듯이 받쳤다.

오팔이와 나는 할머니를 어렵게 방으로 들어 옮긴 뒤 순달이 곁에 나란히 뉘어 놓았다.

"우리 아빠한테 갔다 올 테니까, 넌 할머니 곁에 있어."

오팔이는 내 대답을 들을 새도 없이 뛰어나갔다.

"할머니, 많이 아파?"

할머니는 허리 부분에 손을 댄 채 고통을 참느라 아무 말도 하지 못했다. 그 와중에도 순달이는 배고프다고 보채며 울었다. 나는 순달이에게 우유를 타서 먹였다.

오팔이 아빠는 비닐하우스 일을 하다 말고 달려왔다. 할머니의 상태를 보더니 나더러 뜨거운 물에 수건을 적셔서 허리에 대 주라고 했다. 그리고 자전거를 타고 면 소재지 약방으로 달려가 파스 상자를 여러 곽 사 들고 왔다.

"할머니, 아프면 안 돼."

나는 파스를 할머니 허리 부분에 넓게 붙였다.

그러나 할머니는 아예 일어나 앉을 수도 없게 되어 내가 오줌 똥을 받아 내야 했다. 그래서 방학이 끝났어도 나는 학교에 가지 못했다.

"순지야, 으째사 쓰끄나, 어린 너헌티 할무니까지 짐이 되는구나. 너 학교에도 가야 허는디……."
"학교 좀 안 가면 어때. 공부는 나중에 해도 돼. 나 하나도 힘 안 드니까 내 걱정 말고 빨리 낫기나 해, 할머니."
그러나 할머니는 내가 안쓰러워 눈물을 주르륵 흘렸다.
"할머니, 울지 마. 할머니가 울면 나도 울고 싶단 말야."
"그래그래, 안 울란다. 할무니가 늙어서 주책이다. 울믄 안 되제, 울믄 안 되는 것이여……."
그러면서 할머니는 또 눈물을 흘렸다.
할머니가 누워 있게 되자 오팔이 아빠가 수시로 드나들면서 할머니의 상태를 살피고, 오팔이 엄마는 반찬거리를 갖다 주었다. 할머니는 그럴수록 오팔이 아빠 엄마에게 더 미안해했다.
"순지 애비는 어디서 죽었는지 살았는지도 모르니 이 일을 으짜믄 좋은가. 괜히 오팔이네 식구덜까지 나 땜시 고생이시."
"고생은 무슨 고생을 한다고 그러세요. 저희가 당연히 해야 하는 일이죠. 빨리 낫기나 하세요. 어린 손주들을 위해서라도."
노인들은 조그만 충격에도 쉽게 몸이 망가지는지 할머니는 이미 한 달 전의 모습이 아니었다. 하루 종일 누운 채 움직이지 못해 그런지 하루가 다르게 몸이 야위어 갔다.
다행히 순달이는 엄마 없는 처지인데도 토실토실하게 잘 자랐다. 새로운 생명은 어떠한 상황에서도 자라게 되어 있는 것 같았다.
하루 이틀 시간이 흘러 순달이가 자라는 만큼 할머니는 더 삭아 내렸다. 더 이상 야윌 데가 없이 말라 버린 할머니.

밤에 할머니가 앓는 소리를 내지 않으면 오히려 걱정이 되어서 숨을 쉬는지 가슴팍을 만져 보곤 했다.

2월, 봄 방학을 하는 날이었다.

봄 방학을 하든 가을 방학을 하든 나는 이미 학교의 일정 같은 건 관심을 가질 처지가 못 되었다. 그런데 이번 봄 방학 날은 평생토록 잊을 수 없는 날이 되고 말았다.

새벽에 순달이가 보채서 기저귀를 갈아 주고 우유를 타서 먹였다. 그러는 동안 할머니는 아무런 기척도 보이지 않았다. 오히려 너무나 편안한 모습으로 자고 있었다.

순달이를 다시 재워 놓고 할머니의 가슴팍에 손을 얹어 보았다. 할머니의 가슴에선 아무런 반응이 없었다. 나는 할머니 가슴에 귀를 대 보았다. 심장이 뛰지 않았다. 코를 손가락으로 건드려 보았다. 아무런 반응이 없었다. 덜컥 겁이 났다. 할머니를 흔들어 보았다. 꼼짝도 하지 않았다.

"할머니! 할머니!"

나는 미친 듯이 할머니를 불렀다. 그러나 할머니는 이미 이 세상 사람이 아니었다. 그 소리를 듣고 순동이가 깼다. 순동이는 잠이 덜 깬 눈을 찌푸린 채 앉아 있다가 내가 이상해 보였던지 내게 다가왔다.

"누우나……."

"순동아! 할머니가, 할머니가……."

나는 말을 잇지 못했다.

순동이가 할머니를 보며 말했다.

"누나야, 할머니 코해."

"그래, 코해, 할머니 코해……."

나는 어이가 없어 울음도 나오지 않았다.

"순동아, 나 좀 나갔다 올게."

"어디?"

"응, 오팔이네 집에."

"나도 같이 가."

"안 돼, 추워. 할머니랑 같이 있어."

나는 그렇게 말하고 나서 금방 후회했다. 할머니는 이미 이 세상 사람이 아닌데 어린 동생이 어떻게 지킬 수 있겠는가. 그러나 순동이는 곧 그러마고 했다. 언제나 그랬듯이 순동이는 어떤 일이든 거역하는 법이 없었다.

"응, 얼른 갔다 와. 난 할머니랑 같이 있을게."

오팔이네 집에 가려고 방문을 열었다.

마당엔 밤새 눈이 하얗게 내려 있었다. 나는 신발도 신는 둥 마는 둥 하고 눈밭을 뛰어나갔다.

오팔이네 집에 갔더니 오팔이 아빤 벌써 일어나 눈을 쓸고 있었다. 새벽같이 달려온 나를 보자 오팔이 아빠가 먼저 물었다.

"순지야! 무슨 일 있니? 새벽에 웬일이야?"

"할머니가, 할머니가……."

나는 대답 대신 울음을 터뜨리고 말았다. 오팔이 아빠는 눈을 쓸던 빗자루를 내던지고 우리 집으로 곧장 뛰어갔다. 나도 오팔이 아빠 뒤를 따랐다.

마당에 들어서자 내가 찍고 나온 발자국과 오팔이 아빠가 찍으며 들어간 발자국이 서로 엇갈리게 눈 위에 박혀 있었다.

오팔이 아빠가 황급히 마루로 뛰어올라 허겁지겁 방문을 열어젖혔다.

순동이는 그새 할머니 곁에서 잠이 들어 있었다.

이파리 나기 전에 피는 꽃

> 내 팔에 수천 볼트가 지나가는 동안
> 녹슬었는지 부서졌는지도 모른다
> 그저 오래 이 자리에 서 있을 뿐
>
> 김응교 · 〈철탑〉에서

마을 사람들 도움으로 할머니 장례식을 무사히 치르긴 했지만 나는 동생들을 데리고 살아갈 일이 막막했다.

할머니, 할머니, 할머니……

할머니가 없으니까 할머니가 더욱 보고 싶었다. 살아생전 손자들에게 싫은 소리 한 번 하지 않던 할머니, 겨우 한 마지기가 될까 말까 한 텃밭을 자기 목숨보다도 더 아끼며 가꾸던 할머니, 한 며느리는 스스로 목숨을 끊어 버리고 한 며느리는 핏덩이 내팽개치고 도망을 갔어도 남들에겐 며느리 흉잡는 얘기를 전혀 하지 않던 할머니, 그 할머니가 오그라질 대로 오그라져서 이제 아주 땅속으로 들어가 버리고 말았다. 자신이 지녔던 것은 어느 것 하나도 가져가지 않은 채. 심지어는 입속에 있던 금니 하나까지 미리 몸에서 떼어 놓고서.

작년 여름, 할머니가 우리 집에 다녀갔을 때 새엄마한테 몇 푼 쥐어 주고 나랑 순동이에게도 용돈을 준 적이 있었다. 그때 새엄마는 할머니가 우리들에게 준 용돈까지 차지했다. 그런데 그 돈이 모두 금니를 빼서 팔아 마련한 것이었다는 것을 할머니가 죽고 나서야 알고 나는 더욱 가슴이 미어졌다.

할머니는 젊었을 때 시골 마을을 돌아다니는 '금니쟁이'라고 하는 돌팔이 치과 의사한테 금으로 이를 해 박았다. 나중에 그 이가 흔들리자 아예 뽑아서 금만 팔았던 것이다. 결국 새엄마는 할머니의 금니까지 챙겨서 사라진 사람이 되고 말았다.

죽기 전 할머니는 볼이 볼품없이 푹 꺼지고 음식도 제대로 씹지 못했다. 할머니의 그런 모습들은 내 작은 가슴에 더욱 아린 상처로 자리 잡았다. 할머니의 목소리, 할머니의 눈, 할머니의 볼, 그리고 할머니가 막판에 짚고 다니던 나무 지팡이……. 그 모든 것이 할머니와 함께 작게 오그라져서 무덤 속으로 들어간 게 아니고 나의 가슴속에 들어와 버렸다.

할머니가 생각날 때마다 이를 더 앙다물었다. 순동이와 순달이는 이제 내가 없으면 살아갈 수 없는 아이들이 되고 말았다. 동생들을 위해서라도 더 악착같이 살아야 한다고 다짐했다.

아침에 일어나면 순달이 기저귀 갈고, 우유 주고, 빨래를 해 놓은 뒤, 아침 챙겨 먹고, 돼지 밥 주고 하는 일이 이젠 고스란히 내 몫이 되었다.

3월 신학기 개학 날은 벌써 며칠이 지나갔는데도 나는 학교

갈 생각은 엄두도 못 냈다.

당장은 통장에 있는 돈에서 순달이 우유 값을 빼 썼지만 그 돈을 언제까지나 헐어 쓸 수도 없었다. 그렇다면 이제 내가 나서서 돈까지 벌어야 할 처지였다.

그러나 오팔이 아빠는 전학 수속을 다 밟아 놓고 나더러 학교에 다니라고 했다.

내가 학교에 갈 동안 순달이는 오팔이 엄마가 돌봐 주겠다고 했다. 순달이만 누가 봐 주면 순동이는 이젠 제법 컸기 때문에 마음만 먹으면 학교에 다닐 순 있다.

"순지야, 요샌 어떡하든 학교를 다녀야지 학교를 못 다니면 사람 행세도 못해. 그러니까 내 말대로 해."

오팔이 엄마는 오로지 나를 위해 순달이를 봐 주겠다며 무거운 짐을 일부러 떠맡고 나섰다. 그러나 나는 마냥 좋아 할 수만도 없었다.

"아줌마, 제 처지에 어떻게 학교까지 욕심을 내요. 그리고 2학년도 거의 다닌 게 없어 학교에서 받아 줄지도 모르고……."

"그건 걱정 마라. 오팔이 아빠가 3학년에 바로 다닐 수 있게 선생님들과 의논해서 다 처리해 놨으니까."

오팔이 엄마 말대로 나는 3학년 교실로 들어갈 수 있게 되었다. 시골 학교라서 그런지 한 학년에 한 반밖에 없었다.

새 담임 선생님이 나를 아이들에게 소개했다.

"자, 여러분, 우리 반에 새 친구가 전학 왔어요. 모두들 반갑게 박수로 맞이해 주세요."

아이들은 1학년 때부터 쭉 같이 다녀서 그런지 새로운 아이가 자기 학년에 들어온 걸 무척 좋아했다.

박수를 치는 아이들 틈 속에 끼여 있는 오팔이가 내 눈에 들어왔다. 그러잖아도 많은 아이들 앞에 서자 쑥스러워서 눈길을 어디다 둬야 할지 모르겠는데 하필 오팔이와 눈길이 마주쳤다. 얼굴이 화끈 달아오르는 느낌이었다.

나는 허리를 굽혀 아이들 박수에 답례하듯 절을 했다. 어색하고 멋쩍었다. 내가 서 있을 자리가 아닌 것 같기만 했다. 그런 마음을 알기나 하는지 담임 선생님이 한 말씀 거들었다.

"앞으로 좋은 친구가 되어야 해요. 요즘은 모두들 고향을 떠나는데 순지는 고향을 찾아 일부러 돌아왔으니까 여러분이 더 따뜻하게 대해 줘야 해요."

담임 선생님은 나이가 오십쯤 되어 보였는데 머리가 절반은 하얗게 세었다. 나는 담임 선생님이 편안했다. 나중에 안 일이지만 아이들은 담임 선생님을 할아버지 선생님이라고 불렀다. 할아버지처럼 자상하고 머리도 하얗다고 해서 그렇게 부른다고 했다.

첫날 수업은 어떻게 받았는지 기억이 없었다. 교실에 앉아 있는 동안에도 순동이와 순달이 생각뿐이었다. 가끔씩 오팔이가 나를 쳐다보았다. 오팔이 눈길을 의식할 때마다 괜스레 얼굴이 화끈거렸다.

학교가 끝나자마자 나는 순동이, 순달이 생각에 안달이 나 거의 뛰다시피 했다. 먼저 오팔이네 집으로 갔다. 오팔이 엄마가 마당에서 겨울 배추를 다듬다 말고 나를 맞아 주었다.

"순지 오는구나. 어때, 학교 가니까 좋지?"

오팔이 엄마가 무슨 대답을 원하는지 이미 알고 있었다. 나는 '예' 하고 대답했다. 오팔이 엄마가 점심밥을 먹고 가라고 했지만 순달이를 안고 그냥 집으로 돌아왔다.

집에 들어가자 순동이가 부엌에 쭈그리고 앉아 혼자 밥을 먹고 있었다. 오늘은 어디서 먹을 걸 못 얻어먹은 모양이었다.

"누나야, 내가 밥 찾았어."

배가 무척 고팠나 보다. 그런데 순동이 입가에 하얀 것이 묻어 있었다.

"얘, 너 뭘로 밥 먹고 있니?"

가만 살펴보니 순동이 밥그릇에도 하얀 것이 들어 있었다. 밥그릇을 들었다. 치약 냄새가 풍겨 왔다.

"아니 너, 치약을 밥에다 비벼 먹으면 어떡해?"

"치약도 맛있던데……."

찬장을 아무리 뒤져 봐도 찬거리가 없었던 모양이다. 김치는 있지만 순동이는 아직 매운 김치는 먹지 못했다. 그래서 순동이는 치약을 찬밥에 버무린 것이다.

"순동아, 다음부턴 치약하고 밥 먹지 마. 치약은 이 닦을 때 쓰는 약이야, 약."

"그런데 약이 왜 냄새가 좋지?"

"응, 그건 입 안에 숨어 있는 벌레들보고 좋은 냄새 맡고 입 밖으로 빨리 나오라고 그러는 거야."

"입 안에 벌레가 있어?"

"그럼."

"그러면 치약하고 벌레하고 같이 꽉꽉 씹어 먹어 버려야지."

"에이, 입 벌레는 눈에 보이지도 않을 만큼 작은 거야. 그래서 아무리 씹어도 씹히지 않으니까 냄새 좋은 치약으로 벌레를 꾀어 내서 입 밖으로 몰아내는 거야. 그러니까 앞으론 밥 먹을 때 치약 함부로 먹으면 안 돼. 알았지?"

"응."

그래도 시골집이라서, 또 순동이가 제법 커서 순동이 걱정은 덜 해도 되는 게 그나마 다행이었다. 순동이가 가끔 마을 아이들과 싸우긴 하지만 아이들은 금세 그러다 말기 때문에 그건 별로 신경 쓰지 않아도 되었다.

좀 힘든 게 있다면 순동이가 종일 논으로 밭으로 뛰어다니며 놀기 때문에 저녁때면 옷이 온통 흙투성이가 되어서 날마다 옷을 갈아입혀야 한다는 것이었다. 그래서 순동이 옷 빨래에 순달이 기저귀 빨래를 해 대느라 내 손엔 그야말로 물이 마를 새가 없었다.

그렇게 힘든 생활 가운데서도 조금씩 느끼는 즐거움이라면 순달이가 자라는 것을 지켜보는 일이었다.

순달이는 차츰 배냇짓도 하고, 아직 눈을 맞추는 것 같진 않았지만 까만 눈동자로 천장을 열심히 쳐다보기도 했다. 그리고 하루가 다르게 새빨갛던 얼굴이 누그러지면서 점점 순동이와 얼굴 윤곽이 비슷해져 가는 걸 보면 신기했다.

어느새 제법 따스한 봄바람이 불기 시작하자 학교 울타리 삼아 심어진 개나리가 노란 꽃망울을 터뜨렸다가 이내 졌다. 이파리가 나기도 전에 꽃부터 피는 개나리. 무엇이 그리도 급해서 꽃부터 피어나게 할까? 개나리꽃이 지고 나자 그제야 꽃이 피었던 줄기에 이파리가 돋아 나왔다. 진달래는 사방 천지의 산을 연분홍 물감으로 물들이듯 피었다.

진달래가 온 산에 흐드러지게 피던 어느 날이었다. 나는 여느 날과 다름없이 그날도 오팔이네 집에 들러 순달이를 안고 집에 돌아왔다. 기다리고 있던 순동이가 나를 보자마자 말했다.

"누나야, 외삼촌이 누구야?"

"외삼촌?"

"응, 방에 얼른 가 봐."

그새 방문을 열고 외삼촌이 나왔다.

"순지구나. 오랜만이다."

"안, 녕, 하세요."

나는 특별히 건넬 말이 없어 겉치레 인사만 겨우 했다.

방에 들어가자 외삼촌이 사 온 과자와 빵을 내 앞으로 내밀었다. 순동이는 이것저것 먹어 보느라 정신이 없었다. 나도 빵 하나를 뜯어 점심 대신 먹었다. 나는 외삼촌에게 점심 식사 했느냐고 물어보지 않았다. 식사 준비도 안 돼 있는데 공연한 겉치레 말은 건네고 싶지 않았다. 외삼촌도 나와 순동이가 점심밥을 먹었는지에 대해선 관심이 없었다.

외삼촌은 뜻밖에도 다정하게 말을 시작했다.

"순지, 네가 고생이 많겠구나. 너희 엄마 잘못되고 나서 외삼촌이 바로 너희를 돌봤어야 하는데, 그동안 나도 자리를 못 잡아 그렇게 하지 못해 미안하구나. 저번에 누구한테 들으니까 너희 아빠에게 사고가 나서 일을 다니지 않는다기에 한참 찾았다. 그런데 너희 아빠 소식을 아는 이는 없고 너희들만 시골로 이사를 갔다더구나. 그런데 여기 와 보니까 또……."

외삼촌은 잠시 말을 멈추고 담배를 꺼내 물었다.

"여기 와서 보니까 할머니도 돌아가시고 안 계시더구나. 그래서 말인데 이제라도 내가 너희들을 데려가려고 한다."

"우릴 데려가요?"

나는 깜짝 놀랐다. 외삼촌 입에서 생각도 못했던 뜻밖의 말이 튀어나왔기 때문이다.

"응, 이제 나도 제법 살 만해졌고 하니까 너희들 고생시키고 싶지 않다. 돌이켜 보니 너희 엄마 살았을 때 좀 더 따뜻하게 잘 대해 주지 못한 게 후회스럽구나."

예전의 외삼촌이 아니었다. 나는 고마운 마음에 눈물이 나려고 했다. 역시 피붙이는 다르다는 생각이 들었다.

외삼촌이 '흐흠' 하고 잔기침을 한 뒤 말을 이었다.

"외삼촌 집이 아직은 비좁으니까 우선은 우리 집 근처에 방을 하나 얻어 너희들을 살게 하고 싶다. 고향이라지만 여기엔 친척 하나도 없고 하니 누가 너희들을 돌봐 주겠니? 순지 너도 머지않아 고등학교도 다녀야 하고 순동이도 금세 학교에 들어가야 할 텐데 여기선 어렵지……."

숨을 고른 뒤 외삼촌은 우리가 이리 이사 올 때 뺀 보증금이 있으면 손대지 말고 그대로 자기에게 내놓으라고 했다.
"그 돈 헐어 쓰면 안 된다. 우선은 순지 네 이름으로 방 한 칸이라도 얻었다가 나중에 외삼촌 집으로 합치면 그 돈은 정기예금 해 뒀다가 너 시집갈 때나 대학 갈 때 쓰면 돼."
생각해 보니 오팔이 엄마 아빠가 아무리 잘해 준다 해도 여기에 마냥 있을 수만은 없겠다는 생각이 들었다. 그래도 피붙이인 외삼촌을 따라가는 게 더 낫겠다는 생각을 한 것이다. 그래서 나는 조금도 망설이지 않고 내 이름으로 되어 있는 농협 통장을 도장과 함께 외삼촌에게 건네줬다.
"방 뺀 돈 여기 들어 있어요······."
외삼촌은 통장을 한번 펼쳐 보더니 혼잣말하듯 중얼거렸다.
"음, 보상금은 들어 있지 않은가 보구나. 근데 이걸로 우리 동네에 제대로 된 방이 얻어질지 모르겠다."
'보상금이라니?'
나는 순간적으로 그게 무슨 소린가 했다. 아마도 아빠가 사고 났을 때 보상금을 받지 않았나 해서 그렇게 말하는 성싶었다.
외삼촌은 서둘러 통장을 저고리 안주머니에 넣었다.
"부족한 건 외삼촌이 보태서 얻어 주마. 며칠만 더 고생해라. 방 얻어지는 대로 곧바로 데리러 오마."
외삼촌은 만 원짜리 지폐 두 장을 쥐어 주며 일어섰다.
"자, 이 돈으로 며칠간 반찬 값이라도 하거라."
외삼촌한테서 돈을 얻어 쓰는 날도 있다는 게 믿어지지 않았다. 외삼촌은 용돈은커녕 명절 때 복돈 한 푼 쥐어 준 적이 없었다. 그래도 핏줄이라서 우리가 막다른 골목에 닥치자 외면할 수 없던가.

　외삼촌은 으흠, 으흠 짐짓 헛기침만 두어 번 한 뒤 방을 나섰다. 외삼촌이 마당을 지나 집 밖으로 나가자 사립 쪽에 붙어 있는 돼지우리의 돼지가 인기척을 느끼고 외삼촌 등 뒤에 대고 꿀꿀거리면서 돼지 밥통을 주둥이로 뒤집었다.

어른 몫 따로 아이 몫 따로

>이제 막 기차에서 내린 소녀야
>별빛처럼 눈물을 뿌리고
>하늘 한 구석을 적시느냐
>전기철 · 〈바람이 불거든 소녀야〉에서

시골 학교 생활은 그런대로 재미있었다.

우선 담임 선생님이 자상해서 대하기가 편했고, 아이들도 나를 따돌리지 않아서 좋았다. 아이들은 나에게 부모가 없다고 해서 고아라고 놀리지도 않고 오히려 내가 서울에서 온 아이라며 가까워지려고 애썼다. 특히 오팔이는 언제나 나를 감싸고돌아서 아이들 사이엔 오팔이와 내가 친척이라느니, 서로 좋아하는 사이라느니 하는 소문이 그럴싸하게 났다.

오팔이는 아이들 눈길을 피해 내게 학용품도 주고, 쪽지도 슬며시 건네곤 했다. 그때마다 나는 얼굴이 화끈거리고 가슴이 뛰었지만 어찌해야 좋을지 몰라 가만히 있을 수밖에 없었다.

도시락은 밥만 싸 가고 반찬은 아이들 것을 나눠 먹으면 되었다. 다들 고만고만한 살림이어서 그런지 반찬도 엇비슷했다.

담임 선생님이 나 없을 때 아이들한테 얘기를 잘했는지 어느 날 반장 아이가 내게 도시락 싸 오기 힘들면 친구들이 돌아가면서 싸 오겠다고 했다. 내가 싫다고 그랬더니 그럼 반찬이라도 많이 싸 올 테니 나보고는 밥만 싸 오라고 그랬다. 그래서 나는 반찬 없이 맨밥만 싸 가도 점심 걱정을 하지 않게 되었다.

누구보다도 오팔이 엄마 아빠에게 미안했다. 바쁜데도 순달이를 봐 주고 우리 남매들 걱정을 밤낮으로 해 주었다. 순동이도 다른 아이들 집에서 점심거리를 못 먹게 된 날은 거의 오팔이네 집에서 먹었다.

그런데 순동이는 눈치도 없이 밥을 꼭 두 그릇씩 먹었다. 그래서 오팔이 엄마는 나중엔 아예 아이들 밥그릇 대신 어른 밥그릇에 순동이 밥을 담아 주었다. 오팔이 엄마가 그처럼 잘 대해 주면 대해 줄수록 더욱 미안한 마음이 들었지만 고마움에 대한 표시도 제대로 하지 못했다. 그저 속으로만 다짐할 뿐이었다.

'나중에 어른 되면 꼭 오팔이 엄마 아빠 은혜부터 갚아야지.'

사람에게서 뿜어 나오는 정이 내 가슴 깊은 곳까지 떨리는 느낌을 갖게 했다.

사람에 대한 정이 그리울 땐 할머니가 더욱 보고 싶었다. 엄마 아빠도 가끔 보고 싶긴 했지만, 엄마는 이미 이 세상 사람이 아니고 아빠는 살았는지 죽었는지 소식조차 없으니 보고 싶어도 볼 수가 없었다. 그래서 오팔이 엄마 아빠가 나눠 주는 정이 더욱 고맙게 여겨졌다.

엄마 아빠가 정 보고 싶을 땐 엄마 아빠가 신혼 직후에 찍은 낡은 사진을 들여다보며 그리움을 달랬다. 순동이는 엄마 얼굴은 기억도 못하고 아빠 얼굴도 가물가물한지 사진만 보면 누구냐며 늘 되물었다.

봄기운이 사방에 뻗치자 들일이 시작되었다. 농촌이 한창 바빠져 가는 계절이 시작되는 것이다.

나는 바쁜 오팔이 엄마가 순달이 때문에 더 힘들다는 것을 알고 있었다. 그래서 이제나저제나 외삼촌이 데리러 오기를 기다렸다. 그러나 외삼촌은 데리러 오는 건 고사하고 편지 한 장 없었다.

'어떻게 된 거지? 금방 데리러 온다고 했는데……'

어느 순간 너무 성급하게 외삼촌한테 통장을 내줘 버린 것이 아닌가 하는 생각이 들었다. 그냥 여기서 지낼 걸 괜히 외삼촌 말에 솔깃했나 하는 생각이 든 것이다. 학교만 포기하면 어떡하든 순동이와 순달이는 키울 수 있을 텐데, 괜히 외삼촌이 고등학교 어쩌고저쩌고하는 말에 너무 성급하게 굴지나 않았나 하는 마음이 들었다.

마음이 마구 조급해졌다. 전 재산이나 마찬가지인 통장을 통째로 건네주어 버렸으니 외삼촌 일이 혹 잘못되면 세 식구는 어떻게 살아야 할까 하는 불안감이 닥쳤다.

'그럴 리 없어. 방이 쉽게 얻어지지 않아서 그럴 거야.'

될 수 있으면 좋게 생각하려고 애썼다. 그러나 학교에 가서나 집에 돌아와서나 애가 타서 자꾸만 조바심이 났다. 아무래도 서울을 한 번 갔다 와야 될 것 같았다.
 오팔이 엄마가 뭔가를 눈치 챘는지 나를 불렀다.
 "순지야, 너 요새 뭐 안 좋은 일 있니?"
 나는 속내를 들킨 것 같아 당황했다.
 "아뇨, 안 좋은 일이 있기는요……."
 "아냐, 아줌마 눈은 못 속여. 너 학교에서 무슨 일 있었니? 혹시 아이들이 놀리던?"
 "놀리긴요, 아무도 안 놀려요."
 "그런데 뭣 때문에 그렇게 안색도 안 좋고 안절부절못하는 거야? 고민 있으면 아줌마한테 어서 털어놔. 그래야 해결을 해 주지."
 잠시 망설이다 어렵게 속마음을 털어놓았다.
 "아줌마, 저 서울에 한 번 갔다 와야겠어요."
 "서울엔 왜?"
 "그럴 일이 좀 있어서요."
 "그럴 일이 뭔데?"
 나는 외삼촌 얘기를 털어놓지 않을 수 없었다.
 "뭐라고? 그럼 그 통장을 외삼촌이 가져갔다는 거야?"
 "예……."
 "너도 참, 그런 일이 있으면 아줌마랑 의논을 했어야지."
 "죄송해요, 아줌마. 서울 가서 하룻밤만 자고 올 테니까 그동안 순달이 좀……."
 오팔이 엄마는 뭔가를 생각하더니 혼잣말로 중얼거렸다.

"세상에, 외삼촌이라는 사람이 조카들을 도와주지는 못할망정 사기를 치다니. 문둥이 콧구멍에서 마늘 빼 먹는 놈들은 꼭 성한 놈들이라더니 영락없이 그짝이구먼."

오팔이 엄마의 말에 가슴이 철렁 내려앉았다. 오팔이 엄마의 말이 아니더라도 뭔가 잘못되었다는 느낌이 들었다.

다음 날 아침, 오팔이 아빠가 면 소재지 농협에 가서 돈이 어떻게 되었는지 알아보았다. 그 돈은 이미 잔액 한 푼 없이 빠져나가고 없었다. 두말할 것 없이 외삼촌이 왔다 가면서 바로 찾아 가 버린 것이다.

며칠 더 기다려 봤지만 외삼촌한테선 연락이 없었다.

마침내 나는 오팔이 엄마한테서 차비를 얻어 서울 갈 채비를 했다. 외삼촌이 준 2만 원은 벌써 순달이 우유 값으로 다 들어가 버려서 돈이 한 푼도 없었다.

다음 날 새벽, 따라나서겠다는 순동이를 달래어 떼어 놓고 서울 가는 첫차를 타기 위해 읍내로 갔다.

서울 가는 버스를 타자 온갖 생각이 머릿속을 들락거렸다. 서울 가려면 눈썹 하나라도 더 떼어 놓고 갈 만큼 가벼운 마음으로 가라고 했다는데 나는 지금 눈썹을 떼어 놓기는커녕 가슴에 추를 달고 가는 것처럼 마음이 무거웠다.

들녘에선 모내기를 하기 위해 새벽같이 못자리 논에 나온 사람들이 모를 찌는 풍경이 평화롭게 펼쳐지는데 내 마음은 평화롭지가 못했다. 당장 순달이 우유 값도 없고 쌀독도 바닥이 보이기 시작한다. 이제 내가 나서서 뭐든지 돈벌이를 해야 할 판이었다.

그동안 외삼촌이 방을 얻어 놓고 우리 남매들을 거둬 주면 다행이지만 왠지 그럴 것 같지 않아 불안감이 밀려왔다.

마을 사람들 가운데에서 벌써 몇몇은 순달이를 고아원에라도 보내야지 어린 순지가 어떻게 기르겠느냐고 하는 사람들이 있었다. 심지어 오팔이 엄마한텐 어쩌자고 애를 맡아 주기까지 하느냐고 성화를 부리는 사람도 있었다.

순달이가 태어나기 전부터 고아원이라는 소리를 벌써 몇 번째 듣는지 모르겠다.

그러나 나는 그런 소리를 들을 때마다 절대 그럴 수 없다고 생각했다. 물론 나를 생각해서 그러는 거라고는 하지만 나는 괜히 남의 말 하기 좋아하는 사람들의 쑥덕공론이라고 여겼다.

어른들은, 순달이가 우리 남매하고 배도 다른 동생인데 그 애 때문에 너희들이 생고생할 필요가 뭐 있겠느냐고까지 했다.

참 이상했다. 어른들은 왜 그렇게 모든 것을 갈라서 생각하기를 좋아할까? 배가 다른 동생이면 어떻고 밖에서 주워 온 동생이면 어떤가? 그 애를 가장 잘 아는 사람이 그 애를 거두는 건 당연한 일 아닌가? 그런저런 생각을 하다가 잠에 곯아떨어졌다. 그 사이 차는 서울에 도착했다.

일단 대한병원 근처까지 가는 차를 타야 했다. 터미널 입구에 앉아 김밥과 오징어를 파는 아줌마에게 버스 편을 물어보았다.

시내버스는 40여 분을 달렸다. 바깥 풍경이 제법 눈에 익었다. 멀리, 전에 다니던 학교 건물이 눈에 들어왔다. 눈물이 핑 돌았다. 엄마 손을 잡고 팔짝팔짝 뛰면서 입학하러 가던 때가 생각났다. 얼마나 설레고 즐거웠던가.

차가 대한병원 정류장에 섰다. 차에서 내리자마자 엄마가 떨어졌던 자리가 눈에 들어왔다. 7층이나 되는 거대한 병원 건물을 쳐다보았다. 예전 그대로 달라진 게 별로 없었다.

병원 앞을 지나 시장 쪽으로 걸어갔다. 길가의 음식점에서 나는 냄새인지 차들이 내뿜는 매연 냄새인지 모를 매캐한 냄새가 코를 쏘았다. 그동안 시골에선 잊고 지내던 냄새였다.

서울은 아직도 시끄럽고 여전히 혼탁했다. 그러한 모든 것은 냄새로 알 수 있었다. 꿈을 못 꾸게 하고, 있는 꿈마저 덮어 버리는 매캐한 서울의 냄새.

시장이 가까워지자 나는 가슴이 뛰었다. 외삼촌이 놀라지나 않을는지, 기다리지 않고 성급하게 올라왔다고 야단이나 치지 않을는지, 여러 가지로 염려스러웠다. 나는 외삼촌의 태도에 따라 해야 할 말을 생각해 봤다. 그러나 조리 있게 정리가 되지 않았다.

마침내 시장 입구까지 왔다. 나는 외삼촌네 가게가 있던 자리를 떠올리며 사람들 사이를 요리조리 피해 걸어 나갔다. 그런데 어찌 된 일인지 한참을 가도 외삼촌 가게가 나오지 않았다.

'이상하다? 내가 잘못 봤나?'

다시 되짚어서 외삼촌 가게를 찾았다. 두 번 세 번 오가며 찾았지만 외삼촌 가게는 나오지 않았다. 나는 외삼촌 가게 자리였던 곳 앞에 섰다.

'틀림없이 요 자리였는데…….'

그 자리엔 난데없이 신발 가게가 들어서 있었다. 나는 망설이다 말고 신발 가게 안으로 들어갔다.

"어서 와. 신발 고르게?"

얼굴에 살집이 넉넉해서 맘씨 좋아 보이는 아줌마가 나를 손님으로 알고 반갑게 맞아 주었다.

"그게 아니고요. 혹시……."

나는 입이 잘 떨어지지 않았다.

"무슨 일인데?"

아줌마가 계속 친절하게 말했다.

"혹시 이 자리가 옛날에 과일 가게 자리 아니었나요?"

"응, 그랬지. 그런데 왜?"

"사람을 좀 찾으려고요."

"사람? 어떤 사람?"

"과일 가게 하던 사람인데요."

아줌마는 고개를 한 번 갸우뚱한 뒤 대답했다.

"그 사람 도망갔대."

"도망가다뇨?"

어이가 없었다. 외삼촌이 도망갔다니…….

"난 자세히는 모른다만 그 과일 가게 하던 사람이 시장에서 일수놀이를 했는데 큰 계를 조직했다나 봐. 그랬다가 뭐가 잘못돼서 어느 날 갑자기 사라져 버렸단다."

그 얘기를 듣는 순간 다리가 후들후들 떨렸다.

"그런데 넌 그 사람을 왜 찾니? 혹시 너희 집도 그 사람한테 돈 뜯긴 것 있니?"

나는 그 사람이 외삼촌이라곤 차마 말하지 못하고 가게를 물러 나왔다. 다리에 힘이 풀렸다.

어른들은 왜 걸핏하면 도망을 가는가. 새엄마 얼굴이, 아빠 얼굴이, 외삼촌 얼굴이 차례로 떠올랐다. 그리고 그들의 뒷모습이 떠올랐다. 당당하지 못한 뒷모습을 가진 어른들, 모두들 앞모습을 보여 주지 못하는 어른들이었다.

서울은 나에게 영영 도망자의 도시가 되고 말았다.

어떻게 터미널까지 다시 와서 시골 가는 차를 탔는지 떠오르지 않았다. 기억의 그물에 잡히는 건 도망치듯 서울을 빠져 나왔다는 사실뿐이었다.

집에 돌아오자마자 나는 끙끙 앓아누웠다.

나는 너무나 어리석었다. 무슨 일이든 오팔이 엄마 아빠랑 의논해서 처리하라고 신신당부를 하던 할머니의 목소리가 귀에 쟁쟁했다.

'너무 헛된 꿈을 꾸었나 봐. 외삼촌이 우리가 뭐가 예뻐서 곁에 두고 싶겠어. 어리석게 그런 말에 넘어가다니······.'

세상은 무엇 때문인지는 몰라도 어른 몫 따로 아이 몫 따로 있는 것 같았다. 그런데 지금까지 나는 어른 몫까지 다 감당해야 했다. 그러나 분명한 것은 난 아직 어른이 아니고 어린애에 불과하다는 것이다.

지금이라도 아빠나 새엄마가 불쑥 나타났으면 좋겠다는 생각을 하루에도 몇 번씩 했다. 아빠와 새엄마가 서로 사이좋게 살았으면 무슨 문제가 있었겠는가? 알 수 없는, 알고 싶지도 않은 어른들의 세계였다.

내가 앓아눕자 순동이도 흥이 나지 않는지 나가 놀지 않고 집 안에서만 서성였다.

나는 순달이 우유나 겨우 타 주고, 순동이 밥이나 겨우 챙겨 주면서 하루 종일 누워 있기만 했다. 당장 순달이 우유 값이 걱정이었다. 어떻게 해야 하나, 어떻게 살아가야 하나.

그런 생각을 하며 누워 있자니 엄마가, 아빠가, 새엄마가, 외삼촌이 모두 원망스러웠다.

쌀은 그만두고 순달이에게 들어가는 우유 값만 있어도 원망하지 않았을 것이다. 이삼 일 지나면 순달이에게 먹일 우유도 다 떨어진다.

그러는 사이 마을 사람들은 사정이 어려운 우리 삼 남매 문제를 의논하기 위해 마을 회의를 열었다.

사람들은, 순달이는 사회복지 기관에 맡겨 입양을 보내고, 나와 순동이는 고아원에 보내는 것이 본인들을 위해서 좋지 않겠냐는 의견을 진지하게 내놨다.

"아무래도 어린것들을 보호자도 없이 저대로 두기에는 걸리는 게 많아요. 더군다나 갓난아이까지 딸려 있으니……."

"아니, 그리고 애들 교육비는 누가 대겠소. 그래서 하는 말인데……."

그러나 오팔이 아빠는 마을 사람들이 내놓는 의견에 강력히

반대했다.

"우리 마을 가구 수가 육십 가구나 됩니다. 그런데 육십 가구나 되는 마을에서 아이들 셋을 못 먹여 살린다면 말이 안 됩니다. 한 집에서 일 년에 쌀 몇 되씩만 내놔도 아이들은 충분히 살 수 있습니다. 보금자리라고 찾아 들어온 애들을 귀찮다고 내쫓아 버릴 순 없어요. 순지 아빠하고 나하곤 한 형제나 다름없이 자랐어요. 순달이 우유 값은 내가 댈 테니 애들을 쫓아내지는 맙시다. 그리고 언젠가 순지 아빠가 돌아올지도 모르는데 아이들을 다 내쫓아 버리면 어떡하겠습니까. 순지네도 나중에 단란하게 살 수 있게 마을에서 보살펴 줍시다. 우리 모두 자식 키우는 사람들 아닙니까? 처지를 바꿔 놓고 다시 생각해 봅시다."

하지만 대부분의 마을 사람들은 최소한 순달이만큼은 입양을 보내거나 고아원에 보내야 한다고 주장했다. 오팔이 아빠도 그 의견엔 어쩔 수 없었다.

마을 회의 결과는 이장을 통해서 나에게 곧장 전달되었다.

"순지야, 내가 하는 얘기 너무 서운하게 생각하지 마라. 너희 삼 남매를 이대로 두었다간 죽도 밥도 안 될 것 같아서 마을 회의를 했다. 일단 서로를 위해서 순달이는 좋은 곳으로 보내기로 했다……."

"싫어요! 순달이랑 헤어져선 살 수 없어요."

"순지 너도 학교에도 다니고 하려면 할 수 없어."

"학교 안 다녀도 괜찮아요!"

내가 그처럼 세차게 고집을 부리기는 아마도 세상에 태어나서 처음일 것이다.

그러나 내 고집에도 불구하고 순달이의 입양은 착착 진행되었다. 며칠 뒤 순달이를 입양시켜 줄 사회복지 기관에서 차를 몰고 집으로 왔다.

뒤따라온 오팔이 아빠가 말했다.

"순지야, 순달이를 위해서도 순달이가 새로운 곳으로 가는 게 좋을 것 같구나."

나는 억장이 무너지는 것 같았다. 이제 겨우 백일이 지난 아이를 어디로 보낸단 말인가?

그 순간 낯모르는 사람 승합차에 새엄마를 태우고 산부인과 병원에 가던 일이 생각났다. 이어서 순동이와 밤길을 걸어 병원에 가던 일이 생각났다. 거기에 겹쳐 순달이라는 이름의 뜻도 생각났다. 순달이라는 이름엔 살면서 모든 것이 순탄하게 이루어지라는 뜻이 담겼다 했는데……. 이어 순달이를 마른 가슴에 안고 어르던 할머니가 생각났다.

그 생각들의 틈바귀를 비집고 이장의 말소리가 들려왔다.

"순지야, 너하고 순동이는 이제 어느 정도 커서 동네에서도 돌볼 수 있지만 순달이까지 딸리면 네 어깨가 너무 무거워질까 봐 그래. 그러니 네가 이해하고 마음을 단단히 먹어야 한다."

오팔이 엄마가 순달이에게 새 옷을 입혀 주며 포대기를 단단히 여몄다. 나는 어이가 없었다. 어떻게든 살아 보자고 고향까지 왔는데, 할머니가 돌아가시자 순달이를 내보내야 하다니.

마침내 사회복지 기관의 직원이 오팔이 엄마에게서 아이를 건네받아 차에 올랐다. 그러자 순동이가 갑자기 차 문에 매달리며 소리 질렀다.
"안 돼! 우리 아가야, 안 돼. 나도 같이 가!"
순동이 소리를 들었는지 순달이도 울음을 터뜨렸다. 그러나 차는 시동을 걸고 출발 태세를 갖췄다. 차 문이 닫히자 순동이도 어쩔 수 없이 차에서 떨어졌다. 순달이 울음소리가 차창 밖으로 새어 나왔다.
차가 출발했다. 그 순간 나는 차 앞으로 달려갔다.
"안 돼! 안 돼요. 순달아! 순달아!"
내가 차 앞을 가로막자 차는 멈췄다. 나는 차 문에 매달리며 순달이를 내놓으라고 소리 질렀다.
"내 동생 내놔요! 내 동생이랑 같이 살 거예요! 순달아! 이리 와. 이리 와야 돼! 가지 마! 안 돼! 안 돼!"
그러자 놀란 순동이도 나를 따라 같이 차 문에 매달렸다. 아이를 안은 직원은 이러지도 못하고 저러지도 못한 채 차 속에 엉거주춤 앉아 있었다.
그때 오팔이 엄마 아빠가 순동이와 나를 차에서 떼어 냈다. 순달이를 실은 차는 곧장 집을 빠져 나갔다. 나는 마당에 퍼질러 앉아 큰 소리로 엉엉 울었다. 마당에 있던 사람들은 모두 아무 말도 못하고 나를 쳐다보기만 했다.
나는 잠시 뒤 울음을 멈추고 사립을 뛰쳐나갔다. 이어 순달이를 마구 부르며 차가 떠난 쪽으로 미친 듯이 달려갔다.
"순달아! 순달아!"

집에 있던 마을 사람들이 모두 내 뒤를 따르며 놀란 목소리로 외쳤다.

"순지야! 순지야!"

그러나 나는 들은 척도 하지 않고 순달이만 부르며 앞으로 내달렸다.

"순달아! 순달아!"

순동이도 내 뒤를 따랐다.

"누나야! 같이 가."

밥이 끓는 시간

> 궁둥이를 사알짝 들어올린 남산 오랑캐꽃들이
> 허위적허위적 어린 새순을 새치름히 얼싸안더니
> 수줍게 손짓하며 꺄웃거리고 있었다.
>
> 이승철·〈새봄에〉에서

할머니가 떠난 뒤 순달이마저 우리 곁을 떠났다. 그러나 나는 결코 순달이를 보냈다고 생각하지 않았다.

순달이가 오물거리며 우유를 빨던 모습하며, 우유를 먹은 뒤 쌕쌕거리며 기분 좋게 잠을 자던 모습이 바로 눈앞의 일처럼 떠올랐다. 그리고 통통하게 살이 오른 순달이 엉덩이를 철썩 때리며 좋아하던 할머니 모습까지.

나는 자다가 가끔씩 일어나서 옆 자리를 더듬어 보는 버릇이 생겼다. 그러나 그곳엔 할머니도 없고, 순달이도 없다. 오직 할머니 냄새와 순달이 냄새만이 남아 있었다.

미처 싸서 보내지 못한 순달이 기저귀를 깨끗하게 빨아서 차곡차곡 개다 보니 불현듯 순달이와 할머니가 더욱 보고 싶어져 견딜 수가 없었다.

　기저귀에선 순달이 냄새가 묻어났다. 비누질을 해서 깨끗하게 빤 기저귀이지만 사람 냄새는 비누로도 지워지지 않는 모양이었다.

　'이 기저귀, 모두 할머니가 만든 것인데……'

　기저귀 한장 한장에서 할머니 냄새까지 잡히는 것 같았다. 순간 나는 할머니 무덤에라도 가 봐야겠다 생각하고 집을 나섰다.

　할머니 무덤 가는 길 들녘엔 노란 유채꽃이 가득했다. 유채꽃밭 위로 나비들이 부지런히 날아다녔다.

　'저렇게 가벼운 날개로도 곧잘 나는구나.'

　나비의 날갯짓이 새삼스러워 보였다. 저토록 보잘것없이 약하게 생긴 날개에 몸을 맡기고 먹이를 구하는 나비. 거기에 비하면 인간은 너무나도 튼튼한 몸을 갖춘 것 같았다.

　'순달이도 나비처럼 훨훨 날아야 될 텐데……'

　할머니 무덤은 아직 잔디가 다 자라지 않아 군데군데 검붉은 흙이 맨살로 드러나 있었다. 나는 들뜬 무덤의 흙을 발로 꾹꾹 밟으며 할머니와 마음속으로 이야기를 나눴다.

　흰 구름이 노오란 유채꽃밭 위에 두둥실 떠 있는 게 눈에 들어왔다.

　푸른 하늘에 종다리가 높이높이 날았다. 나비보다 훨씬 빠르고 힘이 있어 보였다. 순간, 내 자신도 저 종다리처럼 하늘 높은 데까지 가뿐히 날고 싶다는 생각을 하며 산을 내려와 텃밭 쪽으로 발길을 돌렸다.

밭은 작년 가을에 할머니가 가꾸다 둔 그대로 있었다. 나는 텃밭에 나 있는 잡초를 뽑기 시작했다. 발에 밟히는 흙의 감촉과 손에 잡히는 흙의 감촉이 부드러웠다. 그런데 흙 속에 묻혀 있던 봄의 소리가 손끝에 잡히는가 싶은 순간 갑자기 가랑이 안쪽이 끈적거리는 느낌이 들었다.

난 고개를 갸웃거리며 일어서서 바지 속에 오른손을 집어 넣었다. 오른손 손가락 끝에 묻어 나온 건 생리피였다.

보는 이가 없는데도 얼굴이 화끈거렸다. 아니, 어쩌면 할머니가 어디선가 다 보고 있는지도 몰랐다.

얼마 만인가? 엄마가 세상을 뜬 이후론 한 번도 없던 생리였다. 그동안 내 몸에 그런 것이 있는지조차 잊고 살았는데 다시 비친 생리피를 보자 느낌이 아주 이상했다.

서둘러 집으로 돌아왔다. 방으로 들어가자마자 바지를 내리고 살펴보았다. 가랑이 사이에 묻었던 피는 벌써 말라붙은 채 거무스름했다. 순달이 기저귀 하나를 꺼내 귀퉁이를 자른 뒤 여러 겹으로 접어 가랑이 사이에 끼운 다음 밖으로 나왔다. 어쩐지 밝은 곳으로 나가야 할 것 같은 기분이 들었다.

공연히 마루며 부엌이며 곳간을 구석구석 치우기 시작했다. 할머니가 생전에 만지다 둔 그대로, 모든 것이 그대로 있었다.

살림이란, 아니 삶이란 이처럼 지나간 손길 위에 또 하나의 손길을 얹는 것일까? 할머니의 손길 위에 이제 '어른이 된' 나의 손길이 얹힌다. 물론 모든 것은 그대로 있다. 그대로 있으면서 삶은 계속 이어지고 있다.

장독대로 나갔다. 할머니가 일러 준 대로 간장독, 된장독, 김칫독, 하며 속으로 헤아려 봤다. 그러고 보니 그동안 장독 뚜껑을 한 번도 열어 보지 않았다. 이제 살림을 제대로 하면 앞으론 장독 뚜껑도 자주 여닫겠지.

장독대 주위를 돌아보니 파아란 싹들이 돋아나고 있었다. 무슨 꽃의 싹인지는 몰라도 할머니와 함께 살던 꽃들의 씨가 떨어져 겨울을 나고 봄을 기다렸다가 조금씩 조금씩 얼굴을 내미는 것이리라. 그 싹들 가운데엔 나중에 붉은 꽃을 피우는 맨드라미도 있을 것이다. 흙을 북돋아 주지 않아도 떨어진 자리에서 바로 싹을 틔운다는 맨드라미. 그리고 일단 꽃이 피면 오래오래 시들지 않는다는 맨드라미. 그 맨드라미꽃을 닮고 싶었다.

할머니가 없어도 봄엔 봄의 꽃이 피고 여름엔 여름의 꽃이 피고 가을엔 가을의 꽃이 피리라. 그리고 할머니는 할머니의 꽃을 피웠고, 나는 나의 꽃을 피우고, 순동이는 순동이의 꽃을 피울 것이니, 조급해하지 말자. 꽃씨가 꽃으로 자라기엔 저마다 알맞은 시간이 필요하지 않겠는가. 그렇다면 순달이는? 순달이도 자신의 꽃을 피울 수 있을까? 그래, 순달이도 맨드라미처럼 자신의 자리에서 싹을 잘 틔워야 해.

이런저런 생각에 빠져 있는데 등 뒤에서 오팔이 엄마 목소리가 들렸다.

"순지야, 새 김치 담근 것 가져왔다."

"한두 번도 아니고……, 너무 죄송해요……."

"죄송하긴, 해 주고 싶어 하는 건데."

"잘 먹을게요."

오팔이 엄마가 돌아가자 나는 돼지우리를 들여다보았다. 오팔이 아빠 말을 빌리면 저 돼지만 잘 키워도 우리네 생활비는 다 나온다고 했다. 할머니도 그런 말을 했다. 생활비를 대 주는 돼지라는 말.

텃밭과 돼지……, 사람은 신세를 지는 대상이 참 많구나.

방으로 들어갔다. 순동이가 신문지 위에 크레파스로 그림을 그리고 있었다.

그 크레파스는 오팔이가 자기 용돈을 아껴서 사 준 것이다. 오팔이는, 아직 어린이날이 많이 남았는데도 순동이 선물이라며 크레파스를 내게 건네주었다. 오팔이 엄마 아빠도, 그 크레파스를 쓰는 순동이도 이 사실은 모른다. 나와 오팔이만의 비밀이다. 그러고 보니 비밀은 그것뿐만이 아니었다. 오팔이는 어느 날 일기장 한 권을 건네주었다. 일기장 표지를 넘기자 '내 영원히 사랑하는 순지에게 ㅇㅍㅏㄹ'이라는 글씨가 짙게 쓰여 있었다. 그 글씨를 보는 순간 내 가슴은 겉으로 드러날 정도로 방망이질을 했다.

'내, 영원히, 사랑하는…… 오팔.'

다시 쳐다보는 것만도 벅찬 말이었다. 영원이니, 사랑이니 하는 말을 내가 들어도 되는 말인지 몰라 한동안 멍해 있었다. 살다 보니 놀라움도 여러 가지였다.

생각의 틈새를 비집고 순동이가 그림을 설명했다.

"이건 누나, 이건 순달이, 이건 나."

순달이까지 그려져 있는 그림을 보자 나는 왈칵 울음이 터져 나왔다.
"그래, 순달이도 우리 가족이지. 가족이고말고."
"누나, 왜 울어? 순달이 때문에?"
"아냐, 그냥……."
"누나, 방학하면 순달이 찾으러 가자, 응?"
"그래……."
나는 말끝을 흐리고 순동이가 그린 그림을 들여다보았다. 다른 아이 같았으면 틀림없이 엄마 아빠를 그렸을 것이다. 그러나 순동이는 엄마 아빠를 모르는 아이가 되어 있다.
순동이가 그린 그림 속의 순달이를 보면서 나는 생각했다. 그래, 순달이도 우리 가족이다.
붉은 맨드라미꽃이 피기 전에 반드시 순달이를 데려와 다시 같이 살리라. 장독대의 맨드라미 가족처럼. 추운 겨울 동안 흙도 덮지 못하고 지내도 봄이 되면 싹을 틔우고 나중엔 탐스런 꽃까지 맺은 뒤 가을 추석 때가 지나도록 오래오래 시들지 않는 맨드라미 가족처럼.
오랜만에 가방을 끌러 숙제를 했다. 그동안 학교를 다니는 둥 마는 둥 해서 학교 공부를 따라가기가 쉽지는 않았다. 그러나 이젠 숙제도 빼먹지 않고 해 가야겠다.
숙제를 해 놓고 저녁밥을 짓기 위해 부엌으로 갔다. 낮이고 밤이고 불을 켜지 않으면 부엌은 항상 어두침침하다. 그런데 서편으로 난 부엌 뒷문으로 곱게 지는 저녁 햇빛이 쏟아져 들어와 부엌 전체가 갑자기 환해지는 느낌이 들었다. 햇빛이 들어오는 쪽으로 눈길을 따라가 보자 그 햇빛이 넘어오는 뒷담에 참새 떼들이 앉아 재잘거리고 있었다.

"어머!"

나는 문득 참새 가족이 거기 있다는 걸 깨달았다. 저들도 우리 집에 사는 한 식구라는 것을.

햇빛과 참새 가족까지 어우러져 사는 집인데 순달이가 없구나……. 그러나 머지않아 반드시 순달이를 데려다 같이 살리라. 순동이 그림 속에도 순달이는 남아 있지 않은가. 나는 양 주먹을 더욱 꼭 쥐며 다짐했다.

샘가에서 쌀을 씻어 온 뒤 부엌에 다시 들어가 솥에 안쳤다. 그리고 마른 솔가지를 꺾어 막 아궁이에 불을 피우려는 찰나였다. 몸을 움직이다 부엌 밖을 보게 되었는데 사립 너머에 긴 그림자 하나가 서성이는 게 보였다.

'누구지…….'

직감적으로 외삼촌이 아닐까 생각했다.

순간, 그림자가 보이지 않는가 싶더니 사립 쪽에 그림자의 주인이 나타났다. 뜻밖에도 그림자의 주인은 아빠였다.

바람결에 실려 왔는지 떼구름에 싸여 왔는지 그동안 소식이 끊겼던 아빠가 나타난 것이다.

'아빠다…….'

입이 달라붙는 것 같았다. 입만이 아니었다. 무릎도 구부린 그대로 굳어서 자리에서 일어나지지 않는 것 같았다. 나는 눈을 크게 뜨고 다시 사립 쪽을 찬찬히 쳐다보았다.

분명, 분명 아빠의 앞모습이었다. 오랜만에, 참으로 오랜만에 아빠의 뒷모습이 아닌 앞모습을 본 것이다. 그동안 무척이나 가슴을 졸이게 하던 뒷모습이 아니고 그토록 애타게 바라던 앞모습으로 아빠가 돌아오고 있었다.

아빠는 땟국이 좔좔 흐르는 입성에 깡마른 모습이었다. 더구나 사고가 났던 한 손엔 흰 장갑이 끼여 있었다. 그런데도 내겐 그런 아빠의 앞모습이 무척 편안하게 느껴졌다. 위태롭고 비참해 보이던 뒷모습하곤 결코 견줄 수 없는 앞모습. 아빠가 마침내 뒷모습이 아닌 앞모습을 앞세우고 돌아오고 있다니! 나는 아빠의 뒷모습이 아닌 앞모습을 보는 것만으로도 가슴이 벅찼다.

아빠는 지친 듯하지만 머뭇거림 없는 발걸음으로 마당을 건너왔다.

아빠가 천천히 마당을 건너오는 바로 그 순간, 동네 확성기에서 흘러 나온 이장의 목소리가 마당을 건너 부엌까지 밀고 들어왔다.

"마을 주민 여러분! 오늘도 농사일에 고생이 많으셨습니다. 다름이 아니오라 농촌 지도소에서 수박이랑 참외랑 여름 과실의 신품종 씨앗을 가져왔습니다. 필요한 분은 마을 회관에 나오셔서 타 가시기 바랍니다. 그리고……"

나는 생각했다. 밥이 끓고 나면 나도 마을 회관에 가서 씨앗을 타 오리라고. 그리고 그 씨앗을 텃밭에 심어 잘 키워 보리라고.

아빠는 어느새 마당을 다 건너와 툇마루에 걸터앉았다.

나는 뛰쳐나가 아빠를 반갑게 대할 생각조차 잊어버렸다. 어쩐지 그렇게 하지 않아도 될 것 같은 생각이 들어서였다.

그보다는 오로지 씨앗을 타 와 그 씨앗을 심어야겠다는 일상적인 생각뿐이었다. 위태롭지 않은 것은 모두 일상적인 것이리라. 일상적이지 않고 비정상적인 것은 대부분이 위태로움을 같이 지니고 있었다. 나는 자신도 모르게 일상이 지닌 속뜻을 알게 되었다.

그 씨앗에서 싹이 나고, 그 싹에서 수박이랑 참외가 열릴 것을 생각하니 생각만으로도 가슴이 벅찼다. 아, 그 참외와 수박을 순달이하고도 같이 먹을 수 있으면 좋겠다. 아니야, 꼭 같이 먹을 수 있을 거야.

순달이 생각을 하다 보니, 뭔가 일상적인 일 하나를 빠뜨린 것 같은 느낌이 들었다.

'아차, 아빠 밥도 안쳐야지.'

아빠 몫으로 쌀을 더 꺼내다가 샘가에 가서 물을 힘차게 뿜어 올려 씻었다.

아빠는 툇마루에 걸터앉아 내가 하는 모습을 조용히 바라보았다. 그러다가 자신이 판 샘에서 물이 펑펑 쏟아져 나오는 것을 보고선 자리에서 벌떡 일어나 내게 다가왔다.

"순지야……"

그 소리에 고개를 아빠 쪽으로 살짝 돌렸다. 아빠가 내 이름을 부른 것에 대한 대꾸로 뭔가 말을 해야 될 것 같기는 한데 아무 말도 나오지 않았다.

"……."

아빠의 눈에 눈물이 맺혔다. 그러나 나는 애써 눈물을 참았다. 그리고 마치 아침에 일터를 나갔다 저녁에 들어온 아빠를 대하듯이 아무렇지 않은 말투로 물었다.

"아빠, 배고프죠?"

"……."

아빠가 뭔가 말을 하려는 듯 입을 오물거리다 말았다. 나는 얼른 아빠 몫으로 더 씻어 온 쌀을 솥에 넣은 뒤 솥뚜껑을 덮었다.

그렇게 해서, 내가 아빠 몫의 밥을 더 안치므로써, 아빠는 다시 우리 가족으로 돌아왔다.

나는 익숙한 손길로 불쏘시개에 불을 붙였다.

아빠는 아예 부엌문 앞에 쪼그리고 앉아 내가 밥 짓는 과정을 다 지켜보았다. 어쩌면 내 모습에서 그 옛날 엄마의 모습을 보는지도 몰랐다. '행복'이라는 말을 쓸 수 있던 시절의 엄마 모습을…….

불쏘시개에 불이 붙자 아궁이 속을 부지깽이로 뒤적이며 땔나무를 더 집어 넣었다. 부지직 하고 불붙는 소리가 요란했다. 불은 점점 잘 타올랐다. 불길이 세지자 솥뚜껑에서 김이 피식피식 나기 시작했다.

엄마의 머리 위로 피어오르던 수증기가 떠올랐다. 움직이지 않는 풍경을 그린 그림 같은 엄마 위로 피어오르던 김. 그리고 수증기는 물론 자신과 자신의 눈물마저 마침내는 멈춰 있는 풍경 같은 그림으로 만들어 버리던 엄마. 이제 그러한 모든 것이 내 가슴속에선 움직이지 않는 그림으로 자리 잡았다. 먼 기억의 담벼락에 조용히 내걸린 몇 폭의 그림이 되어.

 부지깽이로 아궁이 속을 들쑤셔 불의 세기를 적당히 조절했다. 그리고 엄마가 했던 것처럼 밥이 끓는 동안 반찬을 만들기 시작했다. 이젠 내가 엄마 대신 그 시간 속에, 밥이 끓는 시간 속에 들어가 있다.

 부엌 밖에선 아직도 참새 떼들이 재잘대고 있었다. 이러한 모든 풍경들이 이젠 나 자신도 모르는 사이에 새로운 그림으로 그려지고 있었다.

 아빠는 내가 일구는 일상의 몸짓 속에서 아주 오랜만에 편안함을 느끼는 것 같았다. 특히 밥이 끓는 시간 속의 편안함을…….